EMMANUELLE FAVIER

Le Courage qu'il faut aux rivières

ROMAN

ALBIN MICHEL

978-2-253-25969-5 – 1re publication LGF

À Laurent

I

La langue est de chair mais elle broie tout.

Kanun de Lekë DUKAGJINI,
livre VII, § 520.

1

La porte se referma sur le dernier homme. La nuit épaisse resta dehors, où aucune étoile ne survivait au gel. Manushe se rassit pesamment dans le sofa. Avec l'audace de l'ivresse, elle se pencha vers la bouteille, voulut en revisser le bouchon, appuya un peu trop. La bouteille roula sous la banquette. Tant pis. Elle n'irait pas rejoindre près de l'entrée les trois autres qu'ils avaient bues ce soir-là. Les vapeurs d'alcool achevèrent de s'épancher dans l'air.

Manushe se releva et tituba jusqu'à son lit, bâilla, gratta sa fesse gauche. Se débarrassa de ses sabots, ôta son ample pantalon puis son pull de laine rêche. En caleçon et débardeur, elle se coula sous les draps dans un frisson, rabattit la lourde couverture. Sa main glissa jusqu'au pubis, joua un peu avec les poils, aventura un doigt entre les lèvres. Le sommeil gagna Manushe avant qu'elle ait pu vaincre leur sécheresse.

Elle se réveilla peu avant l'aube. Harponna une cigarette, un briquet sur le chevet et fuma lentement sans ouvrir les yeux. C'était ainsi qu'elle conjurait la toux pénible du matin, et les rêves peut-être. Le froid crispait l'atmosphère de la chambre, un étau mou lui enserrait les tempes. Elle attrapa les vêtements éparpillés près du lit et s'habilla sous la couverture avant de se lever, d'attiser le poêle, de faire chauffer l'eau. Assise à la table de la cuisine, elle passa une main dans sa tignasse grise et courte puis alluma une nouvelle cigarette.

On frappa à la porte.

Ce devait être Gjorg, qui lui apportait son bois de bonne heure avant de partir pour la forêt. Manushe écrasa son mégot et alla ouvrir. Elle articulait déjà les premières syllabes de l'habitude, quand elle découvrit un inconnu sur son seuil.

— Bonjour. Pardonnez-moi de vous déranger de si bon matin, je cherche la maison du chef de village.

La voix de l'homme accusait une étrangeté sourde, accentuée par la pâleur de son visage sous des cheveux très noirs. Plus grand que Manushe, il était aussi beaucoup plus mince et son âge, difficile à déterminer. Un vieil adolescent aux joues lisses et aux yeux marqués.

Il déclina le café qu'elle lui offrait, mais espérait pouvoir honorer son invitation dans un avenir proche. Le ton légèrement emprunté de l'homme perturbait Manushe. Elle enfila ses sabots et l'accompagna jusqu'à sa barrière pour lui indiquer la maison d'Emni. Le chef du village vivait un peu plus loin, sur le même côté de la rue. L'inconnu remercia et s'éloigna, longeant les murs gris, la pierre fendue, les jardinets de terre. Les détresses, enfermées par les barrières aiguës, se désagrégeaient sur son passage. Perplexe, Manushe observait sa démarche rapide, animale, qui résonnait jusque dans sa poitrine. Elle était troublée par l'événement, ne pouvait pas même se rappeler la dernière fois qu'un étranger avait pénétré dans le village.

D'un haussement d'épaules elle retourna dans sa cuisine. L'eau bouillait. Elle noya le café en poudre et, les yeux perdus dans sa tasse, songea à la journée qui l'attendait. Un muret séparant son jardin du terrain d'à côté s'était écroulé et elle craignait que les chèvres du voisin ne viennent envahir sa parcelle. L'affreux Parush était mort depuis longtemps, mais son fils – un fils encore plus laid, s'il était possible, que son géniteur – avait poursuivi l'activité paternelle d'élevage. Manushe se chargerait elle-même de la corvée. Elle mettait un point d'honneur à ne rien demander à cette engeance. Celle-ci l'avait laissée en paix après son serment, tout en entretenant une certaine hostilité à son endroit par de petits riens de voisinage mauvais – ordures débordant ou animaux s'égarant jusque chez elle, pierres disparaissant ou électricité sautant de façon trop régulière.

Manushe vida sa tasse en quelques gorgées et sortit pour constater les dégâts. L'éboulis débordait, gênant le passage, comme si le souffle des colères avait poussé les blocs de calcaire jusque sur la chaussée. Elle entreprit d'empiler les roches et de colmater les brèches avec la terre semée d'éclats de marbre et de gypse, de minuscules fossiles et de morceaux de bois. Le froid gênait les mouvements habiles de ses mains, mais elle se livrait avec un plaisir sensuel à ces tâches rudes, abruptes et pleines d'une rassurante nécessité.

Elle fut interrompue par un rire et, se redressant, aperçut la petite Florije qui se cachait derrière la clôture. Vêtue d'une jupette fleurie, d'un chandail informe et de chaussettes de laine que contenaient mal des sandales usées, l'enfant se tortillait en fixant avec provocation la silhouette corpulente de Manushe. Elle avait, peint entre les sourcils, un bizarre dessin rouge qui, combiné aux perles turquoise qu'elle portait autour du cou, visait à conjurer le mauvais sort. Manushe sentit ses entrailles se tordre. L'enfance la mettait mal à l'aise. D'un sifflement elle congédia la petite effrontée, qui disparut dans un claquement de semelles sur le goudron.

La matinée était déjà bien avancée lorsqu'elle termina de monter son mur. Elle ôta la neige de ses sabots en deux petits coups sur la pierre du seuil et referma vite pour conserver la chaleur. Son logis était petit, l'aménagement en était fruste, mais elle s'y sentait chez elle. Elle avait camouflé les fissures dans le béton à l'aide de grands draps colorés et son canapé était en état d'accueillir deux ou trois personnes dans un relatif confort. Elle savait recevoir et produisait elle-même son alcool à partir des vignes qui grimpaient laborieusement dans la cour.

C'était le jour où elle se rendait en ville pour y acheter les denrées que les villageois ne pouvaient produire eux-mêmes – savon, café, sucre ou tabac. Elle était la seule, hormis le chef, à posséder un véhicule qui fût à peu près fiable. En outre elle jouissait, excepté chez ses voisins directs, de l'affection générale et d'un respect authentique. On admirait le sacrifice qu'elle avait fait. Surtout, son statut particulier condensait les peurs et les doutes de chacun dans sa relation au droit coutumier et à l'influence qu'il avait sur sa vie quotidienne ; tous lui étaient reconnaissants de porter ce poids à leur place.

Elle avala un plat de viande et de haricots qui restait de la veille puis monta dans son fourgon. Toussotant de sommeil, celui-ci s'engagea sur la route chaotique que le village tirait comme une langue vers les lacs, la petite cité. La masse des pins encadrait le regard tendu de Manushe. De temps en temps la pensée de l'inconnu du matin revenait, qu'elle chassait en ressassant la liste des produits à ne pas oublier.

*

À son retour de la ville, la nuit était tombée. Un calme singulier recouvrait le village. Elle se gara devant sa maison, attendant que les habitants se pressent pour récupérer leurs provisions comme chaque semaine. Après quelques minutes sans rien voir venir, transie et perplexe, elle s'engagea dans la rue qui menait au centre du village. Toutes les maisons étaient plongées dans le noir, à l'exception de celle du chef. Elle cogna à la porte plusieurs fois avant que Lule, l'épouse de ce dernier, ne vînt lui ouvrir.

— Manushe, enfin. Nous t'attendions.

Lule la fit entrer, puis fila vers la cuisine où bruissaient les chuchotements des femmes. Tous les hommes du village étaient réunis dans la pièce principale, certains debout, d'autres assis sur des bancs, des chaises ou encore directement sur des nattes étendues au sol. Elle remarqua aussitôt l'homme qui était venu chez elle le matin même. Il se tenait dans l'un des trois fauteuils en tapisserie qui entouraient le foyer, les deux autres étant occupés par le chef et le médecin du village. Emni parlait et ne prit acte de l'arrivée de Manushe que d'un bref signe de tête. L'inconnu la fixa avec intensité. Seul son regard avait changé de direction pour la saisir, son corps tout entier restant immobile, tendu dans le fauteuil qu'il semblait prêt à quitter d'un bond.

Manushe était à la fois troublée, furieuse de se sentir exclue d'un événement dont la signification lui échappait encore, et vivement intriguée. Elle se contraignit à prêter attention aux paroles du chef. Il souhaitait la bienvenue à l'étranger et l'assurait de la bienveillance dont tous, il s'y engageait personnellement, feraient preuve envers lui afin de favoriser son installation parmi eux.

Ces hommes et ces femmes, si peu accoutumés à voir leur routine perturbée, acceptaient avec une étonnante facilité l'arrivée d'un inconnu. En dépit de l'importance accordée à l'hospitalité – pour le coutumier, l'hôte équivalait à un dieu, auquel chacun était tenu de donner la priorité –, l'habitude de l'entre-soi aurait pu rendre cet accueil moins chaleureux. Il n'y avait, aussi loin que Manushe s'en souvienne, aucun précédent comparable. Tous ceux qui habitaient le village y étaient nés, dans des familles installées depuis des générations. Il y avait bien eu des tentatives, pour certains, de partir s'installer dans la vallée, mais elles s'étaient soldées par des retours plus ou moins honteux. La communauté restait figée dans sa composition et sa structure depuis plusieurs siècles, les fils remplaçant les pères, les filles les mères, en un éternel recommencement de visages et de fonctions. Même les anomalies comme celle que Manushe pouvait représenter étaient coulées dans le moule de la normalité généalogique et de la perpétuation d'un ordre.

L'expérience quotidienne, l'épreuve du réel et ses mesquines tyrannies viendraient peut-être contrarier ce premier mouvement de générosité. Manushe sentit sa colère fondre peu à peu, pour se muer en fierté. Emni acheva son discours en invitant chacun à se diriger vers le buffet que son épouse et ses quatre filles avaient passé la journée à préparer.

Très animé, un sourire démesuré sur le visage, le chef se dirigea vers elle. L'inconnu s'approcha.

— Manushe, voici Adrian, qui nous fait l'honneur de bien vouloir passer un moment parmi nous. J'espère qu'il trouvera notre hospitalité à la hauteur des traditions. Adrian, je vous présente Manushe. C'est l'âme du village, la personne à qui, outre le docteur Mitko et moi-même, vous devez vous adresser en tout premier lieu, quels que soient vos besoins.

— Nous avons déjà fait connaissance.

De nouveau, cette voix sourde, chaude et distante à la fois, qui bouleversait Manushe. Il tendit une main qu'elle serra fermement.

Elle prit bientôt congé en souhaitant une nouvelle fois la bienvenue à l'étranger. De retour chez elle, il lui fallut un long moment pour s'endormir. Elle s'étonnait de la manière dont cet homme paraissait avoir, en si peu de temps, envoûté le village tout entier. À tel point que l'on n'avait pas eu la patience de la consulter sur l'accueil qui devait lui être fait. Emni surtout semblait avoir placé en cet homme une confiance aveugle. Elle outrepassait les injonctions du coutumier, qui exigent d'un homme d'honneur qu'il reçoive avec un respect inconditionnel quiconque frappe à sa porte. Manushe reconnaissait que, derrière l'inquiétude, elle-même se sentait gagnée par une certaine excitation. Désir ou besoin de se rassurer, elle fit ce soir-là ses caresses plus profondes.

*

Le lendemain, il neigeait dru. Son paysage familier était flou et de grandes bourrasques défaisaient l'ordre des couleurs ternes de l'hiver dans sa petite cour. Manushe enfila sa veste la plus épaisse et commença de déneiger. Bientôt elle fut en nage sous les couches de tissu et elle éprouva une nouvelle fois sa force physique, dans le contraste que l'endurante vigueur de son corps faisait avec la passivité du froid extérieur.

Elle entendit soudain, alors qu'elle reprenait son souffle, la neige crisser dans son dos. Elle se retourna et vit Adrian, droit et maigre dans ses lourds vêtements. Il lui souriait avec une gêne noyée par l'intensité du regard.

— Je peux vous aider ? proposa-t-il en poussant la petite barrière qui séparait le jardin de la rue.

Manushe était sur le point de refuser mais quelque chose la retint, ce quelque chose qui commandait malgré elle son attitude vis-à-vis du nouveau venu. Elle ne parlait, ni n'agissait comme elle l'aurait habituellement fait et s'en trouvait déstabilisée. Pour la première fois, elle se sentait décalée, et tandis que son corps de femme avait jusqu'alors parfaitement épousé les contours de son statut d'homme, sans qu'elle s'interrogeât plus que nécessaire sur l'étrangeté de la chose – après tout, c'était dans la coutume, et hormis la timide résistance de sa mère, nul n'avait jamais trouvé à y redire –, elle éprouvait à présent un malaise, une étroitesse.

Elle lui proposa une cigarette, qu'à sa surprise il refusa. Elle renonça à la sienne et lui tendit une pelle. Adrian travaillait vite et bien, ils eurent tôt fait de dégager le sol. Le jardin de Manushe, contrairement à la plupart des terrains du village, était ceint non pas exclusivement de barbelés mais, sur deux de ses côtés, de petits murets dont celui qu'elle avait vaillamment réparé la veille. Trois ou quatre plants de vigne, dont elle tirait de quoi distiller quelques litres de raki par an, ainsi qu'un modeste potager jouxtaient la cour qui s'étendait devant l'entrée. Elle aimait à s'occuper de ses sarments et de son carré de légumes, qui l'autorisaient à appeler « jardin » cette étendue de terre un peu moins triste que les autres du village. Elle déplorait le béton et le grillage qui complétaient la clôture, mais n'avait jamais eu le cœur de modifier cette partie de son environnement. C'eût été une trahison à l'égard de son ascendance, qui avait toujours vécu là sans se plaindre de tels détails. Manushe était la dernière vestale de l'honneur familial, et cette maison constituait son seul héritage, ce qui restait d'un patrimoine amené à disparaître avec elle.

Concentrée sur l'effort, Manushe regardait parfois Adrian à la dérobée. Le visage aux joues très pâles que teintait l'effort, la sueur lisse sur les tempes. Elle ne comprenait pas ce qui l'avait poussée à accepter son aide, elle qui mettait un point d'honneur à tout faire seule. Plus tard, elle repenserait à sa réaction. Elle sentirait une forme de frustration. Elle s'apercevrait qu'elle aurait voulu affirmer, auprès de cet homme, son état de femme. Lui dire. Se défendre d'être ce que racontaient ses vêtements, sa coupe de cheveux, sa manière de se déplacer, ses mains calleuses et tachées de nicotine, de cambouis ou de terre, la montre même à son poignet.

2

La salve de coups de feu tirés à blanc résonna peu après que le soleil fut couché. Chacun sortit alors de chez soi, et les villageois en cohorte se massèrent dans la rue principale. L'enfant, âgée d'une dizaine d'années à peine, se dressait avec effort pour apercevoir la jeune femme dont les cris et les pleurs la transperçaient. Son père se pencha, la saisit par les aisselles et la souleva pour l'installer sur ses épaules.

Alors elle vit tout.

Vêtue d'une longue robe blanche, d'un voile, de gants et de souliers immaculés qui faisaient des taches éclatantes dans le soir, ses lourds cheveux noirs chargés de fleurs et de perles, ses lèvres brûlant d'un rouge écrasé, la fiancée sanglotait sur le seuil de sa maison. Le charbon de ses yeux coulait sur ses joues aux pommettes très maquillées par-dessus la blancheur de l'emplâtre, creusant celui-ci de serpents gris et fangeux qui lui faisaient un masque dément. Elle se débattait avec rage, cherchant à échapper à la poigne de deux femmes âgées qui, sans le moindre signe de compassion, l'entraînaient vers la chaussée. Elles étaient entourées par un groupe de personnes en costume de fête. Un enfant précédait le cortège, que l'assemblée de villageois suivit jusqu'à l'église.

À chaque coin de rue, la jeune femme se pliait en deux, refusant d'avancer, ralentissant la marche de toutes ses forces, redoublant de pleurs et de cris qui déchiraient l'air nocturne et le silence de la foule spectatrice. Autour d'elle, sa parentèle la regardait sans un mot, sans un geste, attendant que la marche reprenne. Ce fut le contraste que ce calme faisait avec le désespoir de la jeune femme qui parut le plus terrible à l'enfant.

Plus tard, lorsque sa mère lui expliqua que la promise obéissait au code, que c'était comme un jeu, qu'elle faisait semblant de ne pas vouloir quitter sa famille et de résister à ceux qui l'emmenaient vers son futur mari mais qu'elle n'était pas réellement malheureuse, Manushe ne voulut pas y croire. La détresse de la future épousée l'avait tant ébranlée qu'elle n'en dormit pas de la nuit.

*

À quelque temps de là, deux hommes vinrent cogner à leur porte. La mère de Manushe les fit entrer et les invita à s'asseoir après qu'ils eurent pendu leurs armes au mur. Le père les ayant rejoints, elle servit de l'eau-de-vie à chacun puis resta debout, une main sur le cœur, jusqu'à ce que son mari lui dise d'aller chercher de quoi manger. Dans la chambre, l'enfant avait grimpé sur la vieille maie ; cachée derrière la cloison, elle écoutait et épiait la scène. Quelques mois auparavant, elle avait découvert un trou entre deux planches dissimulé par une peau de mouton. Dès que l'occasion s'en présentait, elle se glissait sous le cuir pour tenter d'attraper quelque chose du monde des adultes.

Elle sentait l'odeur de la bête, celle de la laine râpeuse qui pesait dans son dos et celle du bois un peu collant sur son front. Dans l'ombre halitueuse, un vrombissement s'éleva. Elle songea au serpent qui, lui avait-on dit, se cache dans les murs de toute maison, mais se convainquit que ce n'était là que le frottement des punaises. L'un des deux hommes se dirigea vers l'âtre et attisa le feu avant de parler. Elle comprit qu'il s'agissait d'elle, elle entendit des mots qu'elle ne connaissait pas et qui la mirent mal à l'aise. Puis l'autre homme, celui qui était resté muet, déposa dans la main de son compagnon un anneau et une poignée de pièces. L'homme compta l'argent et le remit avec l'anneau au père de Manushe.

L'enfant s'écarta du trou et enfouit sa tête dans ses bras. Ses yeux brillaient de larmes terrifiées. Entre les lames de bois, les bêtes grinçaient plus fort.

3

Adrian s'intégrait à la routine du village. On lui avait attribué une maisonnette restée inoccupée, et il l'avait rapidement retapée et transformée en un lieu chaleureux. On s'y retrouvait volontiers pour boire et parler jusqu'à une heure avancée de la nuit. Emni, qui n'avait eu que des filles, recherchait tout particulièrement la compagnie d'Adrian. Il l'invitait à partager les repas que son épouse Lule, fine cuisinière, préparait avec plus de soin encore lorsqu'il se joignait à eux. Il ne se passait pas un jour sans que le chef vienne le saluer et lui apporter quelque présent, part de gibier ou objet utile à son installation. Ils discutaient alors longuement, et jamais Adrian ne semblait manifester d'impatience. Il donnait à Emni, comme à quiconque s'entretenait avec lui, l'impression charmante d'être quelqu'un. Chaque fois Emni repartait à regret, avec le sentiment frustrant de n'avoir pas tout dit ni tout savouré de la parole de son interlocuteur.

Cet homme au physique imposant, qui depuis des

années exerçait un pouvoir tranquille sur sa petite communauté, était intimidé par la singulière aura d'Adrian. Nul ne savait d'où celui-ci venait, ni ce qui l'avait poussé à fuir son propre village – car on sentait sur lui l'odeur de la fuite, du refus du passé, une volonté de recommencer. On respectait sa pudeur, autant par déférence envers sa qualité d'hôte que pour cet ascendant qu'il exerçait sur chacun. Avec cela jamais il ne se départait d'une modestie sincère, et était toujours prompt à offrir son aide.

Manushe et lui avaient peu à peu, de manière tacite, établi un rituel. Chaque matin, Adrian faisait un détour pour passer devant chez elle et ils se rendaient ensemble au café, après avoir partagé dans la petite cuisine une première tasse de jus noir et puissant. Et chaque matin, lorsque Manushe lui ouvrait la porte, un mouvement s'opérait en elle qui la ramenait à son adolescence, alors qu'elle développait son corps, que la séduction gonflait son torse et ouvrait une béance entre ses cuisses. Ce qui avait conduit le vieux Parush à la demander en mariage, et elle à le refuser, signant la fin de sa vie de femme.

Adrian accompagnait aussi Manushe en ville toutes les semaines et l'aidait dans ses achats et ses comptes. Elle aimait l'avoir près d'elle quand elle conduisait, la chaleur de sa voix enveloppait d'une gangue cotonneuse les battements de son cœur, l'agitation neuve de son ventre.

Le soir, une fois couchée, quand les inhibitions de la vie sociale s'estompaient derrière les premières ombres, derrière le flou du mi-sommeil qui sépare la conscience et les songes, elle se voyait ôtant ses vêtements et dévoilant son corps aux yeux déroutants d'Adrian. Mais sa rêverie n'allait jamais plus loin : trop d'années avaient passé depuis son serment de rester vierge pour qu'elle imagine sa nudité entre les mains d'un homme.

Adrian restait à une distance qui rassurait Manushe en même temps qu'elle sentait poindre, quelquefois, le sentiment d'une dépossession. Elle avait besoin de sa présence, et la redoutait. Elle s'irritait de constater combien lui déplaisait qu'Adrian pût donner son attention à d'autres. Observer les hommes du village lui témoigner sans cesse leur sympathie, percevoir surtout les regards explicites des femmes lui étaient une torture. Parfois Adrian regardait les couples danser, certains soirs où l'alcool et l'enthousiasme menaient les clients du café jusque-là. Jamais il ne participait, mais il aimait taquiner les femmes lorsqu'elles passaient en tournant près de sa table, lancer un mot, surprendre leur rougeur.

Dans ces cas-là, elle aurait voulu supplier Adrian qu'il l'emmène très loin, qu'ils s'enfuient ensemble. Et puis il se tournait vers elle, et dans ses yeux passaient des foudres rousses qui faisaient peur à Manushe. Alors elle souhaitait au contraire qu'il parte, afin qu'elle puisse l'oublier et revenir à sa banalité d'avant. En même temps elle éprouvait une forme de fierté à sentir le lien privilégié qui l'unissait à celui dont tout le monde recherchait la compagnie.

Ces sentiments nouveaux faisaient chanceler les étais jusqu'alors solides de la routine séculaire où elle vivait. Le monde qu'elle avait toujours connu était transfiguré, les impressions exacerbées. Tout était plus beau ou plus laid, ce qu'elle n'avait jusqu'alors jamais remarqué s'imposait à elle, que ce soit la splendeur d'une lumière d'hiver sur le couchant des montagnes ou la désolation sordide de la plupart des maisons qui l'entouraient. Un rien l'émouvait des paysages familiers qu'elle croyait à présent découvrir : levant la tête elle constatait des ciels de peintre, qu'elle observait longtemps se défaire entre les cimes et retomber au faîte des sapins en traînes dorées ou bleues ; ou bien c'était la virtuosité d'un flocon de neige qui, tout à coup, lui livrait des finesses jusqu'alors ignorées.

Inversement les rides des femmes lui semblaient plus profondes, les dents plus gâtées, elle voyait combien les allures relâchées de certains ne faisaient pas honneur à son clan. Elle avait le souci constant de savoir quel œil Adrian portait sur les choses. À commencer par elle-même et son propre corps, auquel jamais elle n'avait prêté la moindre attention. À presque quarante-cinq ans, elle était au mieux de sa force grâce à l'exercice physique quotidien, mais elle sentait aussi combien elle avait fait preuve de négligence. Pour la première fois depuis qu'elle avait choisi d'occuper une place d'homme, elle se rendait compte qu'elle possédait une image. Et pour la première fois, elle voulait s'en saisir.

L'idée l'obséda pendant toute la semaine et, lorsque vint le jour des commissions, sa décision était prise.

Elle ne savait pas trop comment en parler à Adrian, qu'elle intrigua pendant tout le trajet de son air préoccupé mais qui resta silencieux. Une fois en ville, elle passa sans s'arrêter devant les magasins où ils avaient coutume de faire leurs emplettes et prit la direction des faubourgs.

— On va où ? demanda Adrian.

— J'ai une course un peu spéciale à faire.

Adrian eut un sourire qui décontenança Manushe. Elle aurait aimé pouvoir le surprendre et il y avait dans ce désir une forme de transgression. De toute façon, Adrian paraissait impossible à déstabiliser. On ne savait jamais vraiment ce qu'il pensait de son interlocuteur, ni même s'il en pensait quoi que ce fût.

Le bitume avait fait place à des chemins de terre. Au long de l'avenue boueuse se dressaient des boutiques exsangues, aux activités difficiles à déterminer de l'extérieur. Toutes les vitres étaient sales, aveuglées de rideaux, les enseignes inexistantes, le bois vermoulu menaçait de s'effondrer et des fouillis d'objets jonchaient les seuils en une repoussante confusion de matières. Manushe se gara devant l'une des baraques, dont la devanture n'annonçait pas davantage qu'ailleurs ce que l'on pouvait s'y procurer.

— Attends-moi là, s'il te plaît.

Elle se sentait une audace infinie d'ainsi donner un ordre à celui en face duquel, malgré le plaisir évident qu'il avait à se trouver en sa compagnie, elle se sentait toujours inférieure. Sans se l'avouer, elle espérait se parer d'un peu du mystère qui entourait Adrian.

Elle évita de le regarder en descendant du véhicule et poussa précipitamment la porte de l'échoppe. L'obscurité l'enveloppa aussitôt. Elle devina la présence du boutiquier dans le fond et s'avança vers lui. Soudain un frottement sinistre se fit entendre et la noirceur fut trouée par une profusion d'éclairs orangés. Les flammèches multipliées étourdirent sa vue et l'espace d'un instant elle crut à l'enfer dont sa mère lui faisait des descriptions terribles dans son enfance et dont l'image fantasmée lui apparaissait de temps à autre, lorsqu'elle franchissait les lisières du sommeil. Puis elle vit le visage du vieil homme s'éclairer tandis qu'il tirait sur sa pipe et, dans les replis de fumée, secouait l'allumette pour l'éteindre. Les flammes s'étaient muées en autant de points d'incandescence. Autour de l'homme, des dizaines de miroirs se renvoyaient la danse cliquetante du rond de braises que faisait le fourneau dans sa main chenue.

— Que puis-je pour vous ?

Manushe eut un moment d'hésitation, avant de se lancer et de formuler sa demande. L'homme se leva avec difficulté et, entre deux petits bruits pénibles de succion enfumée, déploya l'éventail de sa marchandise.

*

Lorsque Manushe ressortit de la boutique avec son fardeau enveloppé dans plusieurs couvertures, Adrian sortit du fourgon et l'aida à charger sans poser de questions. Manushe en fut aussi soulagée que frustrée. Ils revinrent dans le centre et s'acquittèrent des courses habituelles, mais à aucun moment Adrian ne fit la moindre allusion à l'objet long et lourd qu'elle avait acheté. Une fois chez elle, Manushe indiqua à son ami de le déposer près de son lit, puis elle referma la porte sans le déballer.

La distribution faite et Adrian parti après un dernier verre d'eau-de-vie, Manushe entra dans sa chambre. Elle défit lentement les liens qui entouraient les couvertures et dénuda le miroir avec soin. Quelques taches brunes en dégradaient la surface mais ses mesures étaient parfaites. Manushe, en prenant un peu de recul, pouvait s'y voir en entier. C'était la première fois. Bien sûr elle avait déjà aperçu son propre visage, ici ou là dans un morceau de vitre ou lors d'une visite chez quelqu'un, mais elle n'avait jamais eu de glace à la maison. Elle considéra son reflet un long moment. Se saisir ainsi d'un seul regard l'effarouchait, comme si elle prenait enfin acte de la réalité de son existence. Elle s'incarnait dans la perception de son image reflétée et ne se contentait plus de prendre la mesure, avec plus ou moins de netteté, des impressions qu'elle suscitait chez autrui.

Elle se dévêtit avec précaution, de peur de brusquer sa découverte. Ses pieds furent les premiers à apparaître nus dans la glace, et tout à coup ce ne furent plus les siens. Elle ne faisait pas le lien entre les étranges morceaux de chair et d'os qui remuaient devant elle et les sensations qu'elle associait à ses pieds douloureux d'arthrose, de marche excessive et de mauvais souliers. Elle avait de beaux pieds pourtant, se dit-elle, malgré l'usure de la plante et une déformation à droite qui la faisait souffrir.

Puis elle ôta son pantalon, découvrant des jambes pâles où se dessinait un réseau de fines lignes mauves qui évoluaient autour de nombreux grains de beauté. Ses mollets couverts de poils blonds étaient solides. Elle pressa entre ses doigts le haut de ses cuisses et s'amusa des capitons blanchâtres qu'elle faisait apparaître. Elle baissa son caleçon, se tourna et regarda ses fesses, qu'elle trouva plates et sans ardeur. Puis elle se fit face de nouveau, le bas du corps entièrement nu. La toison était presque incolore. Elle se cacha le sexe de la main, glissant ses doigts entre ses cuisses et maintenant sa paume contre son pubis. Ainsi, elle ressemblait toujours à un homme.

Elle retira le haut de son vêtement, défit lentement la bande fatiguée qui lui enserrait le torse et contempla ses seins presque fondus, sa poitrine enfoncée à force d'être niée, son ventre à l'embonpoint bien installé malgré les travaux qu'elle effectuait quotidiennement. Elle trouva à ses épaules, à la ligne de son cou, une grâce qui la ramena une nouvelle fois à son adolescence. Remontant jusqu'à son visage, elle sentit s'annihiler tous ses efforts d'abstraction, prise au piège de son être social, miroir de sa relation à autrui qui ne pouvait exister en soi. Les lèvres minces, les cheveux prématurément gris, la peau déjà fendillée, le nez épais, les yeux très pâles, elle pouvait détailler les parties de sa figure mais ne parvenait pas à en saisir le tout pour appréhender sa propre beauté.

Subitement elle eut froid. Elle se rhabilla en hâte et recouvrit le miroir. Refermant la chambre dans son dos, elle traversa la cuisine et sortit dans l'obscurité. Dehors le silence faisait des chapes coupantes sous les étoiles. Pleine d'elle-même, Manushe resta longtemps à fumer sur le pas de sa porte, dévisageant la nuit et ses mensonges.

4

Le cours des choses avait été légèrement infléchi. Les célébrations de fin d'année avaient vu les villageois plus soudés qu'à l'ordinaire : chacun ayant voulu inviter Adrian chez lui, on avait décidé de fêter le réveillon tous ensemble. De grandes bâches tendues en travers de la rue réunissaient la maison du chef du village et celle du médecin qui lui faisait face. À la tombée de la nuit, chaque famille, munie d'un ou deux dindons cuits et d'une bouteille de raki, avait convergé vers les deux maisons pour célébrer l'an neuf dans l'unité. De mémoire, jamais nuit de réveillon n'avait vu tant d'amitié entre les clans. Tous pardonnaient et riaient, les dettes de sang ou d'honneur avaient été laissées à la porte pour une poignée d'heures. Au matin, on reprit le travail la tête lourde et un sourire incontrôlable sur les lèvres.

Puis le gros de l'hiver finit par être traversé, et un jour de mars, alors que les premières fontes gouttaient sous un soleil humide, Manushe s'éveilla pleine d'une impression nouvelle. Ce n'était pas seulement l'annonce précoce du printemps. Elle resta longtemps sous les couvertures. Depuis quelque temps, elle avait pris l'habitude de s'attarder ainsi, de songer à Adrian, à ses mains et à son regard. Au fil des jours, les rêveries s'étaient faites plus précises.

Elle avait finalement compris de quelle nature était ce trouble qui l'avait saisie d'emblée et s'était, après quelques semaines de lutte vaine, rendue à sa tyrannie. Les caresses du soir étaient plus longues, plus sophistiquées aussi, et elle n'en souhaitait pas davantage. Tout espoir ou même pensée d'une concrétisation de ses fantasmes eût insinué en elle la honte à laquelle elle échappait encore. Dans ses imaginations, c'était toujours lui qui la déshabillait, qui la touchait. Elle n'envisageait pas le corps de l'homme, toujours dissimulé sous d'amples vêtements, et la sensation d'une peau masculine sous ses doigts lui était si étrangère qu'elle ne tentait pas même de se la représenter.

C'était un plaisir tout entier tourné vers sa propre personne qu'elle recherchait au cours de ces égarements matinaux, c'était son corps à elle qu'il s'agissait de réveiller d'un sommeil de plusieurs décennies, d'exalter au point du jour avant de retourner au secret de ses vêtements d'homme chaste. Repue d'évocations voluptueuses, sentant encore les traces rêvées dans l'intérieur de ses cuisses et à ses hanches, elle se leva et s'habilla lentement avant de procéder au rituel du café et de la cigarette. Son tempérament posé l'avait toujours incitée à jouir de ces instants avec application, à en éprouver chaque saveur. Ils avaient ces derniers temps encore gagné en densité, en solennité.

*

On frappa à la porte. C'était le jour des courses et Adrian était en avance. Elle ouvrit sur le beau sourire du jeune homme, se surprenant une nouvelle fois à rentrer le ventre et à tendre le buste, précautions que son pull informe rendait superflues. Il entra en s'essuyant les pieds, ôta son bonnet et se dirigea vers la table pour accompagner Manushe dans son deuxième café.

Elle le suivait des yeux. Elle referma derrière lui et allait s'asseoir quand elle vit sa propre main se lever, avancer vers lui et se poser sur sa tête brune, descendre le long de son cou, glisser sur son épaule. Il ne bougeait pas mais tout en lui s'était raidi. Manushe ne pouvait voir son visage. Elle se pencha et appuya sa bouche sur la nuque d'Adrian. À ce contact il se leva brusquement, manquant la frapper avec le dossier de sa chaise, et se planta devant la cuisinière, les poings serrés, l'œil flamboyant. Elle recula maladroitement vers la porte, articulant quelques mots d'excuse. Soudain la tension en Adrian se relâcha. Il s'approcha d'elle et posa un doigt sur ses lèvres, lui prit la main, l'entraîna vers la chambre. Ferma la porte et, de sa voix rentrée, lui intima de ne pas bouger.

Il commença à la déshabiller. Manushe était pétrifiée. L'effleurement des mains, de l'étoffe contre sa peau, la fit vaciller. Les années de pierre, les mois de chimères et de caresses sourdaient en une marée compacte. Lorsqu'elle fut entièrement nue, Adrian se recula et la contempla. Il ne la touchait pas, il la regardait, exposée, offerte. Il regardait son corps, le mouvement que sa respiration difficile imprimait à sa poitrine, ses genoux serrés, chancelants. Il regardait ses mains crispées, ses bras tendus. Il la regarda jusqu'à ce qu'elle laisse échapper un gémissement et que ses lèvres se mettent à trembler. Des larmes coulaient sur ses joues, sa gorge, son ventre. Enfin il sortit de la pièce. Elle l'entendit lui lancer, depuis le seuil, qu'il l'attendait dans la voiture.

Elle se rhabilla. Son champ de vision clignotait en pétales mauves, en parcelles granitées qui floutaient sa rétine, elle cherchait le sens des vêtements de ses mains affolées. Pourtant les gestes s'accomplissaient, incroyables de normalité, de banalité. L'habitude était si ancrée que sa main sut attraper, sur le buffet de la cuisine, la liste des courses, l'argent. Elle sortit, enveloppée de honte. La neige fut une blessure et un apaisement, son décor familier lui redonna un peu d'assurance. Adrian avait pris la place du conducteur. Elle en fut soulagée.

Elle monta sans un mot, une fissure venait de s'ouvrir qui la laissait comme plomb, assommée. Au détail près que c'était lui qui conduisait, tout semblait pourtant se dérouler comme à l'accoutumée. Elle se demanda si ce qu'elle venait de vivre ne faisait pas partie de ses rêveries matinales, si celle d'aujourd'hui n'était pas juste un peu plus dense, un peu plus profonde et vertigineuse que celle de la veille.

Ni l'un ni l'autre ne commentèrent ce qui s'était passé, rien ne dépassa le cadre ordinaire de leur relation. Ils rentrèrent de la ville, firent la distribution, les comptes, burent un petit verre de feu blanc et épicé avant de se quitter sur un salut banal. Les mêmes mots, le même sourire que d'habitude agitaient la bouche irréelle d'Adrian sous les yeux de Manushe.

Elle se coucha avec cette impression d'irréalité fichée dans l'estomac et s'endormit difficilement. Au réveil, la crudité du sentiment l'attrapa comme une mâchoire. Sa nuit avait été agressée par des cauchemars imprécis, où se mêlaient les mains d'Adrian et les yeux de sa propre mère, qui lui ordonnait de se déshabiller et de jeter son sexe aux ordures. Elle tirait alors sur un long morceau de chair molle pour répondre aux injonctions maternelles, chair qui n'en finissait plus de sortir de son ventre et lui encombrait les mains. Dominait l'inquiétude de savoir où s'en débarrasser. La substance tiède l'envahissait, l'étouffait, puis le rêve recommençait, identique et opaque.

La douceur de ses songeries du matin était révolue. Elle sortit violemment de son lit pour échapper à la conscience de cette défaite, au deuil qu'il lui faudrait faire de ces éphémères mirages. Elle s'habilla et but son café sans parvenir à calmer les brûlures qui lui rongeaient l'intérieur. Avec une ponctualité déconcertante, les coups d'Adrian résonnèrent contre la porte. Elle lui ouvrit, à la fois inquiète et soulagée à l'idée que l'angoisse allait, par sa confrontation avec la réalité, changer de forme. Il souriait, égal à lui-même. Elle se poussa pour lui laisser le passage mais il lui prit à nouveau la main, un peu plus fermement cette fois, pour la diriger vers la chambre.

Les mêmes gestes, le même cérémoniel, et Manushe instantanément comprit qu'elle n'avait fait que l'espérer. Ses appréhensions nocturnes avaient seulement dissimulé la crainte que le plaisir bouleversant de la veille n'eût été qu'un songe. De nouveau, Adrian lui ôta ses vêtements. De nouveau, il la contempla tandis qu'elle jouissait, debout et vulnérable ; puis il sortit et attendit dans la voiture qu'elle se fût rhabillée.

Ils n'avaient aucune raison d'aller en ville ce jour-là. Ils prirent la direction du lac des hauteurs. Tressautant à chaque nid-de-poule, Manushe appuyait sa tête sur la vitre. Elle regardait sans les voir les kilomètres de terrains jonchés de détritus, carcasses automobiles, sacs-poubelle multicolores qui fleurissaient de bouquets plastique les monticules gris-brun de travaux jamais achevés. Adrian roulait lentement, soigneusement, évitant les trous dans le goudron mais aussi, çà et là, le tangage d'un volatile échappé. Parfois ils croisaient un camion bringuebalant, une charrette tirée par un âne, un deux-roues pétaradant.

Puis le paysage s'ensauvagea, les reliefs d'une humanité aveugle s'estompèrent, et ce furent les gorges multipliées jusqu'au grand lac, dont la majesté silencieuse et intacte saisissait au premier regard. Des espèces rares d'oiseaux y déployaient une paix de préhistoire. Adrian se gara non loin du bord, d'un bond sauta du véhicule dont il fit le tour pour ouvrir la portière à Manushe qui le regardait, médusée. Elle prit sa main et descendit, malhabile à cette chorégraphie galante. Ils s'assirent et contemplèrent longuement les douces brisures de l'eau sur le sable grossier de la rive. Les brumes de la nuit s'attardaient sur l'étendue, favorisant l'impression de mirage où flottait Manushe. De longs roseaux pâles bougeaient au rythme de son hébétude, faillant à dissoudre la vapeur où toute chose s'amollissait.

*

Ils firent une habitude de cette songerie à deux. Ils n'étaient plus, pendant quelques heures chaque matin, les habitants d'un village de la montagne associant leurs forces dans les actes nécessaires du quotidien, mais deux corps réunis par un plaisir clandestin. Sitôt rentrés de leurs escapades, ils redevenaient camarades de corvée, dont la relation s'intégrait sans heurt à l'organisation collective.

La plupart du temps, lorsqu'ils n'allaient pas en ville, ils empruntaient les voies escarpées et rejoignaient les hauteurs. Ils passaient un moment près de l'eau, les yeux perdus dans la vallée, ou faisaient autour du lac de longues marches silencieuses. Alors Manushe s'autorisait à revivre en pensée les jouissances du matin.

Jamais ils n'en parlaient. C'eût été tirer sur le voile d'un interdit trop immense, que leur accord tacite maintenait dans l'espace d'une fiction acceptable. Une inquiétude agitait Manushe derrière l'exaltation où la mettait cette nouvelle vie. Pour la première fois, elle avait quelque chose à perdre.

5

Quelques semaines s'écoulèrent ainsi.

Alors que mars touchait à sa fin et qu'une tardive tempête de neige avait renvoyé chacun à un hiver durement combattu, Adrian mit le cap sur le sommet. Manushe n'osa protester, mais la nuée blanchâtre qui couvrait la terre ne lui semblait pas de bon augure. À mesure qu'ils gagnaient en altitude, le brouillard se faisait plus compact et c'était à peine si l'on devinait les limites du ravin qui bordait l'étroite voie où ils s'étaient engagés. La neige tombait, à la fois gluante et froissée, achevant de noyer le paysage. Adrian roulait de plus en plus lentement, lorsque soudain il s'arrêta, lâchant un juron.

— Une congère. On ne peut plus avancer.

Il tenta de reculer mais la neige s'amoncelait si vite que déjà la voiture était bloquée entre deux plaques gelées et infranchissables. Manushe sentit un vide nauséeux, presque douloureux, son torse se renfonça vers son dos. Elle en voulait à Adrian de les avoir mis dans cette situation, et pourtant sa présence la rassurait. L'épais silence de la neige l'engourdissait. Le fait qu'ils soient tous deux coincés, ensemble, dans la solitude des montagnes et de la neige en bourrasques, était à la fois une variation sur les chimères qu'ils inventaient depuis plusieurs semaines et un prévisible châtiment.

Adrian lui ordonna de ne pas bouger et sortit avec difficulté de l'habitacle. Elle n'eut pas le réflexe de le retenir. Le fredon de la neige venteuse, l'ouate généralisée la paralysaient. Elle savait qu'il n'avait aucune chance de dégager l'arrière pour le moment, la neige s'accumulait sans cesse. Avant de claquer la portière il lui lança quelques mots qu'elle ne comprit pas, puis disparut dans la blancheur.

Les minutes, ou les heures, passèrent dans un étourdissement. Le vent fouettait la carrosserie, hurlait contre la roche invisible. Manushe était rivée à son siège, incapable de désobéir à l'ordre d'Adrian. Elle ne ferait que se mettre en danger en tentant de sortir : en quelques secondes elle serait trempée, il valait mieux attendre que la tempête se calme. On n'y voyait pas à plus d'un mètre ; elle n'avait aucune chance de déterminer où était Adrian et risquait de ne plus pouvoir retourner sur ses pas. Elle patienta, ressassant les hypothèses, les actions possibles, sans pouvoir déterminer ce qu'il était pertinent de faire. Elle était épuisée par l'effort de maintenir son corps à une température suffisante pour ne pas s'endormir. Toutes les minutes, elle ouvrait la portière afin de repousser la neige qui eût bloqué l'ouverture, la condamnant à l'intérieur.

Elle avait regroupé tout ce qu'elle avait pu trouver à l'arrière de la camionnette qui fît office de protection et remuait autant qu'elle le pouvait, luttant contre l'ankylose. Une intense envie d'uriner la tiraillait par-delà l'inquiétude.

Le vent finit par s'apaiser et la neige cessa de tomber. Le paysage redevint immobile, se libérant des tensions muettes que la chute des flocons faisait vibrer dans l'air transi. Manushe sortit en tremblant, s'enfonça dans la couche molle jusqu'aux genoux, baissa son pantalon, n'y tenant plus, et, adossée à la portière, creusa une trace jaune dans la neige, la tête entièrement vide. Remontant son vêtement, elle avança en tâtonnant vers l'avant de la voiture. Le brouillard déjà perdait en densité et les aspérités noires de la roche commençaient de se détacher sur le blanc qui l'entourait. Elle qui n'avait jamais été sensible à l'hostilité des montagnes éprouva d'un coup le vertige du précipice, vers lequel le flanc de pierre, immense et écrasant, semblait vouloir la pousser. Elle empêcha son regard de monter et continua d'avancer sur la route, saisie d'un mal de terre qui lui tournait la tête. Le froid griffait ses joues, suintait dans son col, déchirait ses yeux jusqu'aux larmes, son corps était raidi par l'attente et la peur. Pour la première fois depuis le jour où elle avait prononcé son serment, plus de trente ans auparavant, elle avait envie de sangloter.

Elle fit quelques pas hésitants, scrutant le paysage

vierge dont les contours s'affinaient peu à peu. La couche uniforme se piquetait de taches rouges, les baies des buissons de grenadiers fouissaient la neige de leurs minuscules têtes laquées. Plus loin, une large tache sombre se détachait. Elle courut tant bien que mal, trébuchant sans cesse, vers le corps d'Adrian qui gisait replié sur lui-même à moins de cinquante mètres de là. Déjà une ouate glacée le recouvrait en partie, son visage plus pâle encore qu'à l'ordinaire se teintait de bleu, les lèvres minces disparaissaient presque dans un tremblement violacé. Il respirait encore. Manushe le saisit sous les bras et le traîna jusqu'à l'arrière du fourgon où elle le hissa. Adrian était bien plus mince qu'elle, et l'énergie de l'angoisse lui rendait la tâche aisée. Il tremblait si fort que le véhicule vibrait avec lui. Elle entreprit de le déshabiller, luttant contre la crispation des membres. Elle retira d'abord ses chaussures et ses chaussettes trempées, découvrant des pieds fins et lisses qu'elle frictionna et enroula aussitôt dans les morceaux de laine rêche qu'elle avait rassemblés. Elle lui ôta sa veste où s'accrochait le givre en pétales collants puis, d'une seule tirée, souleva le pull et la chemise.

Elle n'avait jamais vu un corps d'homme. Cette peau soyeuse et cette poitrine où se devinaient, bien qu'elle fût osseuse, deux timides renflements, la pétrifièrent. Un chaos de pensées l'envahit, qui était déjà une certitude. Elle défit en retenant son souffle les quelques boutons du pantalon et, le baissant, eut la confirmation de ce qui balbutiait dans son esprit.

Ce n'était pas le moment de céder. Elle refoula les marées de panique qui se précipitaient dans son ventre et se concentra sur sa tâche. Elle entoura Adrian de couvertures, lui frotta les cheveux pour les sécher, fit passer en lui sa propre chaleur en posant sa bouche tout contre son dos et en soufflant, massa ses jambes et ses bras avec vigueur, appuyant et pressant tout ce qu'elle pouvait, se dédiant tout entière à l'espoir de voir de nouveau circuler la vie dans le visage pâli. Ses joues reprirent quelques couleurs, les tremblements se calmèrent. Manushe, épuisée, garda un moment Adrian dans ses bras avant de s'arracher à cette déconcertante étreinte. Il fallait dégager la neige avant la nuit et repartir au plus vite. Elle ressortit et se mit à l'ouvrage, sans prendre le temps de s'étonner qu'il lui restât encore des forces.

Elle exécutait ces actes de survie en fantôme, cœur et corps déchirés entre stupéfaction et honte, entre la peur qu'Adrian ne se remette pas et celle d'avoir à affronter sa vérité. Dans une marche arrière d'une insupportable lenteur, elle roula jusqu'au prochain carrefour où elle put faire demi-tour et accélérer pour reprendre la direction du village. Tout en conduisant elle remuait des pensées contradictoires, obsédée surtout par l'idée que ses fantasmes avaient été de purs mirages, que l'homme qu'elle avait autant rêvé que côtoyé tout au long de ces semaines n'existait pas, que son désir, outre qu'il était contre nature, ne reposait sur rien. Et dans le même temps, grandissait une féroce impatience de faire connaissance avec cette nouvelle figure de son aimé, comme si confusément elle comprenait, sans pouvoir encore se le dire, que rien en réalité n'était perdu.

Alors qu'elle approchait du bourg, elle prit brusquement conscience de la difficulté où elle se trouvait. Emmener Adrian chez le médecin, c'était révéler sa véritable condition. Le mensonge qu'avait été depuis des mois son existence parmi eux réduirait à néant les privilèges dus à l'hôte. Même Emni ne pouvait être mis dans la confidence. L'affection qu'il portait à Adrian, ainsi déçue, se révélerait fatale, et son statut de chef l'obligerait à davantage de rigueur encore. Les Sages décideraient de le bannir – Manushe ne pouvait pas encore évoquer Adrian au féminin – et elle ne le supporterait pas. Mais ne pas l'emmener chez le médecin, c'était lui faire courir un danger plus grand encore.

Elle prit sa décision en entrant dans le village. Elle le soignerait elle-même. Elle s'occuperait de lui, et garderait son secret comme une douleur précieuse entre eux, entre elles deux. Il survivrait en homme.

C'était l'heure du repas, les rues étaient désertes. Elle se gara devant chez elle le plus silencieusement possible, ouvrit le battant arrière, prit Adrian dans ses bras et l'emporta chez elle. Son long corps s'était fait plus pesant en se relâchant. Essoufflée, Manushe le déposa sur son lit. Elle retira les couvertures humides et déjà durcies de froid dont elle l'avait enveloppé. Avant de rabattre sur lui les draps secs, elle resta quelques secondes en arrêt devant la peau blanche, fine sur l'os, presque transparente. Jamais elle n'avait tenté d'imaginer à quoi pouvait ressembler Adrian sous ses couches de vêtements. Elle à qui, vierge et sans frère, l'anatomie des hommes était inconnue n'avait aucun imaginaire auquel se raccrocher pour nourrir ses fantasmes. Ils s'étaient concentrés sur ce que des mains pouvaient lui faire à elle, jamais sur ce que les siennes auraient pu faire à un autre corps. Sa propre image, telle que le miroir la lui renvoyait depuis quelques semaines, envahit alors son esprit comme une eau amère. Elle eut honte de sa chair moins ferme, des formes moins nettes que celles qu'elle découvrait chez Adrian et qui lui semblaient lumineuses de douceur, brillant d'une tendresse parfaite et lisse qu'elle-même ne pourrait jamais lui offrir.

Elle fit repartir le feu et déposa des morceaux de charbon incandescents dans un seau de métal près du lit. Elle hésita à s'allonger à ses côtés pour le réchauffer plus rapidement, mais ne s'en sentit pas l'audace. Adrian dormait, son sommeil agité de fièvre pâlissait ses joues, creusait ses cernes d'énigmes plus profondes. Elle prépara une soupe, mais ne voulut pas briser son sommeil. Elle resta près du lit toute la nuit, somnolant dans un fauteuil, se relevant parfois pour toucher son front d'une main hésitante ou remettre ses draps, ne sachant plus si elle veillait un enfant, une sœur ou un amant.

Le lendemain, elle se rendit au café pour ne pas éveiller les soupçons. Lorsqu'on l'interrogea sur l'absence d'Adrian, elle répondit qu'il lui avait demandé de le conduire en ville, qu'il était parti rendre visite à un parent éloigné et qu'il serait absent pour une ou deux semaines. À ceux qui, mis en appétit par ce début d'information sur la famille d'Adrian, dont on ne savait rien, la pressaient de questions, elle rétorqua qu'il n'avait pas daigné en dire davantage.

On vit peu Manushe durant les jours qui suivirent. Elle continuait de remplir les tâches qui lui incombaient, mais ne paraissait plus au café ni aux veillées, et n'invitait plus qui que ce soit à franchir sa porte. Elle passait l'essentiel de son temps au chevet d'Adrian, cherchant à combattre sa fièvre, leurs fièvres, lavant son corps mince, veillant à ce que la peau translucide ne rougisse pas, signe d'escarre possible, l'assistant jusque dans ses besoins les plus triviaux, épousant au plus près son intimité que l'inconscience d'Adrian l'autorisait enfin à rencontrer.

On commença à murmurer. On avait bien vu quelle camaraderie les unissait et combien l'absence d'Adrian renfrognait Manushe. Les premiers temps, l'estime qu'on lui portait et l'habitude que l'on avait de voir en elle un homme, un point c'est tout, avaient prévenu toute extrapolation ; mais à présent que la disparition d'Adrian avait creusé le lit de l'ennui et du besoin de rumeurs, des conclusions étaient tirées. Les plus âgés se rappelaient le serment, le refus du mariage avec Parush, le trousseau cousu avec une patience apparente pour être finalement brûlé au grand désespoir de la mère, la détermination farouche de Manushe. Les plus jeunes, qui ne s'étaient jamais posé de questions jusque-là, soudain lisaient dans un geste, une inflexion de voix, une manière de se tenir les stigmates de son sexe.

Mais Manushe ne voyait rien de ces visages curieux, n'entendait rien de ces murmures. Elle n'était préoccupée que de la guérison d'Adrian. Homme ou femme, elle avait besoin de cet être qui avait fait basculer sa vie de manière irrévocable et qui la tenait en son pouvoir, absolument.

6

La jeune fille s'avance au centre du cercle. Les douze hommes, mains sur les cuisses ou sur le pommeau d'une canne, regardent les plis blancs de la robe frotter le sol terreux. Elle s'agenouille devant une grande pierre triangulaire de part et d'autre de laquelle sont disposées deux jattes en argile. L'une est remplie d'une substance noire et épaisse, l'autre d'un liquide blanc et crémeux. Une forte odeur de chèvre emplit les narines de l'adolescente tandis qu'elle inspire profondément avant de plonger une main dans chaque bol. Elle joint ses paumes pour mêler le sang et le lait, les applique sur son visage, couvrant ses joues, son front, son nez d'un onguent brunâtre et nauséabond.

Puis elle pose ses mains sur la roche. Sa face peinte, terrible, contraste avec l'or tendre de ses cheveux, la rondeur de ses épaules. Les hommes, malgré eux, sont impressionnés par la fermeté de cette volition juvénile. D'une voix forte, elle profère les paroles rituelles, jure par la pierre et par la croix de rester vierge, de ne jamais contracter d'union ni fonder de famille. Elle regarde vers le bas, évitant les yeux ourlés de mauve de celui qu'elle fuit par le pouvoir des mots prononcés.

Après quelques secondes elle se relève, sa robe flotte autour d'elle, souillée par la terre et la pâte sanglante du masque dont des traces ont coulé jusque sur son ventre. Sa mère entre à son tour dans l'arène, les bras chargés d'un tas sombre qu'elle dépose en tremblant aux pieds de l'adolescente. Celle-ci soulève sa robe, la fait passer par-dessus sa tête. L'onde blanche s'étale sur le sol. Elle n'est plus couverte aux regards que par d'amples caleçons et par la bande de tissu qui lui enserre déjà la poitrine. Elle commence de revêtir les habits traditionnels, le tirce, la blouse, le gilet, le petit chapeau.

Le doyen fait signe au plus jeune des hommes d'entrer dans le cercle. C'est le parrain de Manushe. Il sera désormais chargé de couper les cheveux de sa filleule, en remplacement de la femme qui s'occupait d'elle alors qu'elle était fille. On apporte les ciseaux et le bol rempli d'eau, on étend au sol une nappe. L'homme coupe d'abord une mèche sur le front de l'adolescente, puis une sur chaque tempe et une autre encore derrière le crâne. Enfin il rassemble la chevelure pâle et l'enserre de sa grosse poigne. La mère a un sanglot. Les lames grossières frottent contre le fagot blond, qui bientôt n'est plus qu'une brassée de foin éparpillée au sol. Plus tard on ramassera les cheveux dans la nappe, on y ajoutera la robe, et on brûlera le tout avec le trousseau qu'elle a passé les trois dernières années à confectionner pour rien, enfermée dans sa chambre.

Doucement, l'homme frappe trois fois le crâne de Manushe du plat des ciseaux et dit :

— La langue est de chair mais elle broie tout.

Des coups de feu tirés en l'air annoncent la fin de la cérémonie. L'assemblée se disperse.

7

La fièvre tomba au bout de deux semaines. La veille au soir, Manushe s'était forcée à se rendre au café malgré ses réticences à s'exposer aux questions. Son absence avait déjà fait courir mille rumeurs. Lorsqu'elle poussa la porte, elle vit que la plupart des hommes du village étaient là, accoudés au comptoir dans la fumée et les harmonies plaintives de l'accordéon, de la clarinette et de la vielle. Tous étaient tournés vers le groupe de musiciens et l'arrivée de Manushe ne suscita aucune réaction. Le bourdon des timbres graves faisait vibrer tous les visages que l'alcool enflammait déjà. Une mélodie s'éleva, promptement rejointe par une seconde en contre-chant, plus aiguë, dont la lamentation était entrecoupée de cris abrupts et déchirants.

Les applaudissements la surprirent, tant la musique lui avait permis de se noyer dans ses replis, loin de l'anxiété des derniers jours et des catastrophes à venir. Les discussions s'apprêtaient à reprendre, quand les hommes se rendirent compte de la présence de Manushe. Les faces sombres s'alignèrent, fendues par des rangées de dents noires ou manquantes. Ils éclatèrent de rire à l'unisson en voyant la mine renfrognée de leur voisine.

— Alors, on t'y voit plus ?

Manushe s'assit pesamment sur l'un des tabourets et d'un signe de tête se fit servir un raki. Sur le comptoir les verres étaient vides, elle fixait les taches transparentes et les restes criards d'un poivron vert, son doigt jouait machinalement avec les graines noyées dans les flaques miniatures et collantes. Elle sentait que les regards pesaient sur ses épaules, que les yeux scrutaient ses traits fatigués. Elle était tout à coup devenue l'objet d'une curiosité nouvelle et désagréable.

On ne fut pas longtemps avant de lui demander si elle avait des nouvelles d'Adrian. Elle tenta d'éluder, elle ne voyait pas pourquoi elle en aurait. On rit de plus belle, les trous d'ombre dans les bouches grimaçant leur incrédulité. Manushe but son verre d'un trait, en commanda un second. On insista, elle se ferma. Les rires se firent plus féroces. Elle commençait à s'échauffer. Skedian, que l'on considérait comme l'idiot du village, la fixait de ses lèvres pendantes ; sa bouche constamment ouverte eut un hoquet et, du plus loin de sa vésanie, il articula ce que tout le monde s'empêchait de penser :

— C'est bizarre, quand même, Manushe.

— Quoi ?

— Toi et Adrian.
— Eh bien ?
— Ben vous êtes tout le temps ensemble.
— Et alors ?
— Ben c'est pas vraiment comme si t'étais comme nous, tu comprends.

Toutes les voix se turent.

Manushe le saisit au collet et planta ses yeux dans les pupilles gluantes, d'où jaillirent des larmes jaunes. D'une poussée elle le relâcha, l'homme s'affala sur le sol dans un grand vacarme de tabourets renversés. Manushe vida son verre, paya et sortit.

*

Le lendemain, elle se leva la tête bruissante d'alcool et d'inquiétude. Elle avait continué à boire en rentrant et s'était endormie tout habillée sur le sofa. À présent elle s'en voulait de sa brusquerie et craignait que son attitude ne fît peser quelque soupçon sur elle. Elle prenait conscience des dangers de la situation, pour elle mais surtout pour Adrian. Elle avait d'abord eu peur que les villageois ne l'obligent à partir, mais à présent elle comprenait que des représailles bien plus cruelles les menaçaient. La confiance de l'hôte avait été trahie. Rien ne pourrait laver cet affront et les pires punitions étaient envisageables. Lorsqu'elle entra dans la chambre, Adrian s'était redressé dans le lit. Adossé à l'oreiller, il regardait par la fenêtre. Il ne tourna pas la tête vers elle lorsqu'il parla, pour la première fois depuis quinze jours :

— Tu as changé mes vêtements.

Sa voix était un peu enrouée et serra le cœur de Manushe.

— Ils étaient trempés, répliqua-t-elle, mal assurée.

— Tu sais, alors.

Adrian braqua ses yeux noirs sur Manushe qui continua de s'affairer dans la chambre, rangeant et dérangeant les objets avec nervosité, manquant renverser le pot de nuit qu'elle alla vider au fond de la cour.

La trivialité du geste la ramena vers son objectif : protéger le secret d'Adrian. En même temps elle avait besoin de lui, d'elle, et la seule chose qu'exigeât son corps dans ce moment, c'était qu'il, elle demeurât à ses côtés.

— Je vais partir, dit Adrian lorsqu'elle revint avec le pot propre.

Elle chancela jusqu'à la fenêtre, puis revint vers le lit sous lequel elle glissa le récipient. Le fait de se baisser eut raison de ses forces. Elle resta à genoux, le visage dans les draps, incapable de bouger. Elle était un puits où résonnaient des éclisses de métal, brisures sèches qui la meurtrissaient. Elle ne pouvait rien imaginer sans Adrian, que du vide et du vertige.

Adrian lui prit la main. C'était un geste inhabituel, éloigné par sa douceur de celui qu'il faisait pour l'entraîner dans la chambre. « Parle-moi », articula Manushe. Il acquiesça. « Je vais te parler. Mais d'abord, déshabille-toi. » Elle obéit et se glissa contre lui. Lui qui devint, peu à peu, elle. À mesure que Manushe découvrait le corps d'Adrian s'opérait la mutation de son regard. Le fait qu'Adrian fût une femme prenait place en elle, devenait concret sous ses caresses. Elle se sentait gauche, elle qui n'avait jamais touché de chair étrangère, sinon celle des bêtes pour les soigner ou les tuer. Elle tentait de reproduire les gestes qu'elle n'avait jusque-là effectués que sur elle-même, et la terreur d'échouer ajoutait à sa maladresse.

Mais Adrian savait, qui prenait le relais avec délicatesse, et derrière les engloutissements où sombrait Manushe naissait une forme d'inquiétude, à voir Adrian si experte. En même temps ces gestes sûrs offraient au corps de Manushe une part de leur fermeté. D'être ainsi touchée, frôlée, aimée la rendait confiante dans sa propre anatomie, elle cessait de se comparer et nourrissait le désir de se livrer tout entière à celle qui devenait, peu à peu, son amante.

Plus tard, au fond du lit étroit, Adrian dans le dos de Manushe l'enveloppait de ses bras fins. Cette dernière se dégagea et, se retournant, planta ses yeux dans ceux d'Adrian.

— Parle, maintenant.

II

Hell. And then the cougar (...)
jumped onto a rock and turned his head
to look at me. To look at *me* ! I looked back,
forgetting to shoot.
Then he jumped again,
ran clear out of my life.

Raymond CARVER, « The Cougar ».

8

— Vous ne pourrez plus avoir d'enfant.

Les paroles du médecin firent l'effet d'un acide dans les entrailles de Çelina, qui se précipita hors de la pièce pour vider sa honte dans le trou nauséabond, au fond du jardin.

Une fois le médecin parti, Askan la frappa. Puis se soûla. La frappa encore. Enfin, il dégrisa et ils durent prendre une décision. La malédiction qui ne faisait couler que du lait dans cette famille serait contrée, du moins en apparence. L'enfant qui venait de naître serait élevé comme un garçon. On ne lui avait pas encore donné de prénom, tant l'amertume de voir arriver une nouvelle fille avait été grande. On l'appellerait Adrian, et personne dans le village ne saurait que c'était une fille, hormis eux-mêmes, leurs quatre autres filles et le médecin qui, moyennant finances, saurait se montrer discret.

— Tu t'en occupes.

Askan dit, puis s'en retourna à ses tâches d'homme.

De ce jour, Adrian grandit dans un tirce. Son sexe de fille était flouté par le vêtement ample et, à la puberté, son corps joua le jeu : ses hanches se firent discrètes, ses seins se turent. Comme par une complaisance biologique de l'organe à la nécessité sociale, sa voix même sembla muer. Douce, elle prit de belles couleurs graves dès qu'Adrian eut quatorze ans. À quinze ans, son père lui mit son premier fusil dans les mains et Adrian éprouva le trouble de tout adolescent face au pouvoir de tuer. Lorsque, plus tard, il commença d'accompagner son père dans les chasses ou au café, rien ne laissait deviner sa véritable nature.

Adrian détestait la chasse. Il n'y avait aucune habileté et devait se retenir d'uriner pendant des heures, les compagnons de son père n'auraient pas compris qu'il s'isolât pour se soulager quand eux prenaient tant de plaisir à comparer leurs membres et leur capacité à viser telle ou telle roche, tel ou tel buisson. Surtout, il n'éprouvait aucune satisfaction à voir un être vivant mourir sous ses yeux, arraché à sa course par un fragment de métal explosif.

Pourtant, lorsque son père lui avait signifié qu'il était temps pour lui de l'accompagner, l'excitation avait dominé. C'était un soir d'octobre, Adrian venait d'avoir seize ans. Comme toujours après le souper, Askan fumait sur le seuil de leur maison triste, adossé au béton non crépi, et contemplait les montagnes alourdies de bois sombres. Il appela Adrian et lui dit simplement, sans se retourner :

— Demain, tu viens avec moi.

Au matin, Adrian qui n'avait pu trouver le sommeil fut debout avant tout le monde et attendit que son père se lève. Planté devant la maison, il imitait malgré lui la méditation paternelle. À son tour il plongea dans l'énigme des forêts, remuant mille scénarios tantôt épiques tantôt grotesques, des imaginations sanglantes ou ridicules. Les animaux surgissaient sous son arme, mythologiques ou dérisoires, tour à tour il ne brisait que des branches, ne défaisait que l'écorce des arbres ou bien ramenait, glorieux, une dépouille colossale qu'il déposait aux pieds de son père.

Celui-ci sortit à ce moment-là et, d'une bourrade, lui fit signe de le suivre. « Il n'y a que nous ? » demanda Adrian tandis que la voiture bringuebalait sur la route déjà escarpée. Askan ne répondit pas. Au bout d'environ un quart d'heure, ils s'arrêtèrent en lisière de forêt. Le père dissimula le fourgon sous le couvert des branches, précaution superflue puisque tout le monde dans la région était au fait de ses activités de braconnier. Adrian descendit, la bouche sèche, les mains crispées sur la sangle du fusil qu'il portait à l'épaule quasiment depuis son réveil, comme pour attester qu'il était capable de passer cette épreuve.

Askan et lui avancèrent entre les troncs, le premier ouvrant la marche. Adrian fixait ce dos épais, cette nuque salie de poils et de sueur, se demandant ce qu'ils pouvaient avoir de commun. Pourtant il sentit un bref instant la possibilité d'une reconnaissance, l'espoir que grâce à ce rituel qu'ils accomplissaient ce jour-là, le père le regarderait enfin comme son fils.

Soudain Askan s'arrêta. Il se retourna vers Adrian et lui fit signe de contourner vers la gauche, tandis qu'il irait à droite. Il devait avoir entendu le glissement d'une bête, qu'Adrian perdu dans ses pensées n'avait pu percevoir. Le cœur battant, il suivit la direction indiquée.

Le soleil encore bas peinait à glisser le long des troncs et des aiguilles jusqu'au sol tapissé. Adrian n'entendait déjà plus le pas de son père. Il avançait difficilement, encombré par la peur et son fusil qui, lourd et moite, frémissait entre ses mains au point qu'il semblait geindre. Un léger vent s'était levé qui faisait grincer les branches, et la forêt soupirait une brume gracile s'insinuant dans le cou, aux poignets et aux chevilles, provoquant des frissons qu'Adrian contrôlait à grand-peine. Il posait un pied devant l'autre comme traversant un précipice, le menton en avant, courbé, funambule jouant sa vie.

Au détour d'un entrelacs de feuilles, Adrian découvrit un cours d'eau. Il s'étonna de n'avoir pas perçu son clapot subtil et y vit une invitation à un bref repos. Sa respiration se relâcha. Une roche plate, couverte de mousse et assez vaste pour que s'y couche un homme aux épaules larges, surplombait le ruisseau de son ombre calme. En s'approchant, Adrian vit que sa matière était creusée par endroits d'empreintes rappelant les sabots non ferrés d'un cheval. Il s'étendit le long du léger incurvé que faisait la pierre, et des contes de son enfance affluèrent à sa mémoire, légendes passionnées où de semblables rocs servaient souvent de décor à des intrigues fantastiques. Il se souvint en particulier de celle, souvent contée par sa mère, où l'héroïne était une femme dont la force égalait celle d'un homme. Davantage encore, puisqu'elle était capable de soulever une roche sept fois plus grande qu'elle. Mais un jour la femme tomba amoureuse d'un berger et sa force disparut dans l'instant. Adrian ne se rappelait plus la fin de l'histoire, s'il y en avait une.

Le soleil s'immisçant dans les ramées animait les reflets sur la paroi rocheuse et parfois l'écho d'un coup de fusil abîmait le silence liquide. Adrian se perdit un moment dans le courant de l'eau qui emportait brindilles, herbes lasses, taches mousseuses ou insectes graciles. Il nettoyait ses propres pensées dans la trajectoire inéluctable du flux. Soudain un mouvement dans les feuilles lui fit tourner la tête.

Un éclair roux passa devant ses yeux. L'air était trouble, dilué dans les ombres vertes et mobiles. Puis entre les lignes d'écorce gelées, le flouté de l'atmosphère se dissipa, des contours se précisèrent et l'image apparut : le lynx regardait Adrian. Seule trace d'affolement dans sa fixité, les oreilles de la bête bougeaient, captant à haute vitesse des signaux qui échappaient à l'homme. Les fines flèches noires à l'extrémité de leurs triangles veloutés étaient deux antennes à la précision meurtrière. Une patte moussue en suspension au-dessus de la roche, les muscles prêts à onduler dans une détente nette, le lynx évaluait le danger, l'opportunité d'attaquer ou de fuir.

Adrian regardait le lynx, et la scène de sa propre mise à mort lui apparut clairement. Le lynx sautait, les pattes puissantes le jetaient au sol, les canines délicates traversaient sa gorge, l'animal dévorait ses membres et traînait sa dépouille dans l'anfractuosité d'un rocher où jamais on ne le retrouverait et où ne resteraient bientôt plus que ses os, parfaitement nettoyés.

D'un coup les pupilles se rétractèrent, au point qu'elles ne perçaient plus qu'à peine les flaques bronze, et attrapèrent Adrian tout entier.

Alors Adrian regardant le lynx vit tout autre chose. Dans la robe tachetée où jouaient les ombres, dans les yeux soulignés de blanc, dans la collerette de barbe douce et féminine il vit un salut, une promesse, une exhortation même, qui était aussi un avertissement. Il vit une image de sa solitude et la possibilité d'en faire une liberté.

Qu'en dis-tu, Adrian ?

Adrian sourit au lynx, qui répondit d'un rictus de ses lèvres noires avant de disparaître, effacé par le vent dans les branches.

La silhouette carnassière était encore sur sa rétine quand son père surgit dans son dos. « Tu l'as vu ? » « Qui ? » « Le sanglier, espèce d'abruti ! » « Non… » Askan repartit en grommelant, suivi par Adrian qui remuait des idées contrastées. Déjà la rencontre ne paraissait plus réelle, la vision s'estompait comme passe un étourdissement. En même temps il songeait que peut-être son père ne voudrait plus qu'il l'accompagne à la chasse désormais. Il en éprouvait un désarroi mêlé de soulagement. Tout à coup, alors qu'Askan le devançait d'une dizaine de mètres, il entendit un craquement à sa droite. Sans réfléchir, il épaula et appuya sur la gâchette. Askan revint vers lui en courant.

— Mais qu'est-ce que…

Ils avancèrent vers l'endroit où Adrian avait tiré et virent la masse brune qui gisait entre les feuilles, teintée d'écarlate. Elle respirait encore. Ses défenses luisaient d'une colère primitive qu'agitait un souffle rauque, terrifiant. Askan l'acheva d'une balle dans la gorge.

9

Ce matin de septembre, Adrian se leva en frissonnant. L'aube n'avait pas encore paru. Il traversa la salle à manger et jeta comme chaque matin un regard à la tête de sanglier accrochée au-dessus du buffet, avant de rejoindre son père dans la cuisine. Dans la pénombre, l'homme fumait au-dessus d'un bol rempli de bave brune. Adrian le salua et se servit à son tour du liquide brûlant. Ils devaient retrouver des collègues d'Askan pour une partie de chasse. Depuis le succès de sa première sortie, trois ans plus tôt, il obligeait chaque fois Adrian à l'accompagner et n'aurait pas compris qu'il refusât.

C'était moins par souci de cohérence avec le mensonge dont il avait entouré la naissance de son enfant, que par la conviction qu'il avait réellement un fils. Au quotidien, rien ne venait rappeler la vérité à Askan et ses yeux avaient fini par vraiment voir un garçon grandir dans sa maison, obéir à ses ordres et recevoir le peu d'éducation qu'il lui donnait. L'alcool, dont il s'enivrait consciencieusement chaque jour, achevait de maintenir la vraisemblance de la fable. Mais un reste de réalité devait subsister au fond de son esprit, qui l'empêchait de développer un lien véritable avec Adrian.

Appuyé au buffet, celui-ci regardait le dos voûté de son père. La veille, une fois de plus, il avait entendu les cris. Et une fois de plus il s'était désespéré, ne sachant comment intervenir. Ses sœurs pouvaient consoler, caresser les bleus de leur mère au lendemain de ces crises. Lui n'en avait pas le droit. Il devait conjurer ses tendresses.

Une fois de plus, il vit son bol se fracasser sur le crâne de son père, le sang se mêlant à la chicorée amère, et la liberté gagnée. À cet instant Askan se leva, tourna sa barbe sale et ses yeux enfoncés vers son fils et, d'un signe de tête, l'entraîna dehors. L'air était âcre, la sangle du fusil blessait la chair. Les hommes attendaient devant le café, déjà ouvert ou pas encore fermé. Au premier coup d'œil, Adrian comprit que Brerim n'était pas allé se coucher. Il était tout à fait ivre et les accueillit en décochant un regard agressif à Adrian. Veuf depuis cinq ans, Brerim vengeait sa frustration dans le canon des fusils, le goulot des bouteilles et le sexe des prostituées de la ville. Ses yeux étaient deux trous dans lesquels surnageait la colère. Son crâne, large et peu profond, était aplati sur l'arrière et son front avançait comme pour provoquer le conflit. À côté, le père d'Adrian était un tendre. Les deux hommes se serrèrent une main brouillée, le regard de Brerim toujours posé sur Adrian.

Ils se mirent en chemin après quelques verres de feu qui firent office de petit déjeuner. Adrian s'arrangeait pour ne pas avaler le liquide brûlant, dont l'odeur suffisait à lui tordre le ventre. Il prit place à l'arrière du fourgon, entre Brerim et Drenaz. Brerim puait, et Adrian s'efforçait de retenir sa respiration autant que son corps qui, malgré lui, heurtait à chaque cahot l'immonde carcasse collée contre son flanc. L'homme jetait de temps en temps un œil à son jeune voisin, amusé par ses efforts qu'il jouissait de contrarier en se penchant exagérément sur lui dans les virages. Adrian, recru de nausées, baissait le front.

Ils se garèrent en bordure de forêt. L'automne semblait là depuis toujours et glissait sous les vêtements sa langue piquante. Les portières claquèrent dans l'écho des cimes et les cinq hommes s'engagèrent sur le sentier, fusil à l'épaule et besace au côté. Brerim, marchant à sa hauteur, enveloppait Adrian de son regard injecté d'alcool. Son haleine ne le lâchait plus. Il lança au père qu'il allait initier le petit à sa façon, le saisit par la nuque et le traîna entre les arbres. Adrian sentit le café refluer aigre dans sa gorge, la terreur lui coupa les jambes. Il gémit en se relevant. Brerim lui gueula de se taire et le poussa dans les buissons emmêlés, jusqu'à être hors de vue des autres.

Adrian s'appuyait à un arbre, tétanisé. Brerim arma son fusil et le glissa entre les jambes de l'adolescent, canon collé au tronc, fixant sa proie de ses minuscules yeux pisseux. Puis il releva son arme et, la pointant vers le front d'Adrian, lui ordonna de s'allonger sur le ventre. Comme il ne bougeait pas, Brerim tira en l'air. La voix du père retentit : « Tu l'as eu ? » « Pas encore, beugla Brerim. Fous-moi la paix. »

Adrian, larmes et morve et bile, glissa jusqu'au sol où il resta prostré jusqu'à ce que la botte de Brerim le force à s'étendre. Le chasseur, canon dans la nuque d'Adrian, tira de l'autre main sur son pantalon qu'il laissa aux chevilles. Puis il baissa le sien, tordit les bras d'Adrian dans son dos et s'enfonça dans lui. La douleur était surpassée par la crainte que la brute ne découvre la vérité. Trop soûl, trop sombre, Brerim ne vit rien d'abord. Mais un doute dut s'insinuer, car il glissa une main sous le ventre d'Adrian. Dans une exclamation, il se redressa. Avant d'éclater de rire et de retourner Adrian sur le dos d'une seule claque de sa main énorme. Il se jeta, excité de plus belle, sur le corps blanc de sa victime.

Adrian remonta son pantalon dès que son agresseur, satisfait, se fut allongé sur le dos. Il pleurait doucement. Brerim lui dit de la fermer : « T'es une bonne femme ou quoi ? », avant d'éructer un nouveau rire gigantesque. Adrian glissa sa main vers le fusil et l'homme n'eut pas le temps de réagir. À ce second coup de feu, le père au loin ne put s'empêcher de réagir : « Et cette fois ? » « Je l'ai eu, p'pa. » « C'est bien, mon gars ! »

Un cri fauve lui répondit, quelque part dans les branches.

Adrian courut, la tête et les mains vides, le corps déchiré, sanglant, vomissant des giclées brunes et blanches sur les troncs, il courut jusqu'à ne plus voir un seul arbre, il parvint à un layon terreux qu'il suivit sans réfléchir, la vision le poursuivait de Brerim à terre, pantalon à mi-cuisses, le sexe béant, rosâtre et maculé sous son ventre luisant, le crâne en poussières jaunes dispersées dans les feuilles. Adrian courait, courait, le sexe béait et le crâne n'en finissait plus de s'éparpiller.

10

La berline s'immobilise au bas de l'allée caillouteuse. Il faut continuer à pied. L'homme et la femme se rejoignent aussitôt devant le capot, leurs jeunes mains se retrouvent enfin après ce long trajet sur des routes terrifiantes. Albena sent la paume moite de Luan dans la sienne et sourit. À présent qu'ils ne peuvent plus reculer, après des heures de piste cahoteuse où son estomac a été tordu par le vertige des ravins et l'anxiété de ce qui les attend, des heures où son souffle est resté court et les larmes à portée de cils, tout en elle se détend, une évidence se fait jour qui est une plénitude, et elle peut sourire de l'inquiétude de Luan. Ils montent vers la maison sur le chemin étroit.

Ils n'ont pas le temps de frapper. La porte s'ouvre et, dans un grincement peu engageant, une vieille femme émerge de l'ombre. Son corps est un cep noueux, ses yeux des noix d'émeri. Elle salue d'un mouvement de sa tête où affleurent de longues mèches grises autrefois teintes au henné, puis retourne claudiquer dans la salle noire. Le couple hésite d'abord à la suivre, mais une tache claire les guide vers le berceau. Au fond de la lourde nacelle de bois au flanc orné d'une colombe, la petite robe bouge doucement. Un rêve léger anime l'enfant de brèves secousses, elle cède dans son sommeil aux frayeurs fabriquées par le jour, et d'inoffensives plaintes entourent le couple qui est désormais trois.

Luan sort l'enveloppe de sa sacoche. La vieille en vérifie le contenu sans certitude – elle ne sait pas vraiment compter – mais paraît satisfaite. Elle tend au jeune homme un sac de toile contenant quelques affaires, vêtements minuscules et linges propres. Albena plonge dans la bouche de bois ombreuse aux décorations naïves, elle glisse ses mains sous les flancs délicats et soulève le corps menu, son geste ouvrant les yeux de la petite comme ceux d'une poupée mécanique. La vieille apporte un plateau sur lequel repose une paire de ciseaux ; la jeune femme les saisit et coupe trois mèches de cheveux très fins sur le crâne laiteux, qu'elle met dans la main de la vieille. L'enfant fixe Albena sans effroi. Alors, chargé de cette nouvelle vie, s'enfuyant presque, le couple quitte la vieille maison de roche sombre.

11

La vieille caressait les cheveux de l'enfant. Ses doigts étaient des sarments dans les boucles frêles. De ses yeux perdus à la limite des jours, elle fixait le dos souple qui s'éloignait sur le chemin. La silhouette disparut dans le contre-jour, laissant derrière elle une trace de sang et lait mêlés. La vieille baissa les yeux vers la petite, renfrognée dans ses dentelles de baptême. D'un soupir jeté aux montagnes, lestée de son fardeau, elle rentra dans la maison.

Adrian marchait, les pierres roulaient sous ses semelles, imprimaient à son long corps une secousse où entraient les épreuves des mois passés. Le matin même, elle s'était levée du lit où elle avait mis au monde une petite fille, elle avait ôté la longue chemise écrue de parturiente, tachée de sang, d'urine, de tous les liquides qu'elle avait pu expulser, elle avait enfilé les vêtements dans lesquels elle était arrivée deux mois auparavant et s'était tournée vers la vieille pour lui dire adieu. La vieille avait hurlé qu'il fallait baptiser la petite, lui donner un prénom, sans quoi elle serait maudite. Elle avait couru vers le vieux buffet pour en déterrer les oripeaux dont son unique enfant, mort à quelques semaines, avait été couvert un jour aussi lointain qu'un crépuscule desséché. Mais Adrian l'avait embrassée et remerciée, avant de tourner les talons. Elle avait laissé derrière elle les deux sentinelles qui, à présent, ne formaient plus dans le soleil qu'une silhouette bicéphale à peine discernable sur le chemin de son passé.

Dans sa déroute avaient sombré son enfance factice, la négation de son corps, les coups, le visage de sa mère tordu par les pleurs, la forêt et ses puanteurs poisseuses, le crâne gluant et vaporisé de Brerim. Mais aussi, après sa fuite dans les bois, les semaines de marche éperdue à travers les montagnes, les haltes fugitives dans des villages nécrosés qui à présent se confondaient dans sa mémoire. Et puis étaient venus les vomissements, et le ventre gonflé malgré le manque de nourriture. Elle avait échoué devant cette petite maison sombre, habitée par une vieille femme percluse de solitude. Celle-ci avait immédiatement compris et l'avait prise chez elle, soignée et accompagnée jusqu'à la délivrance.

À présent, plus elle s'éloignait de la maison noire, plus elle voyait le monde s'écarter, les derniers mois s'épaississant dans une obscurité digne d'oubli, se détachant d'elle comme les mottes boueuses d'une carapace rompue de fatigue et de chagrin. Elle pensait de moins en moins souvent à ce que sa disparition et la mort de Brerim avaient dû provoquer dans son village. Cela avait obsédé ses nuits pendant les premiers temps de son errance. Elle savait que son meurtre faisait planer sur elle la menace d'une reprise de sang. Peut-être, pour éviter la chasse à l'homme que déclenchait mécaniquement tout assassinat, son père avait-il décidé de révéler son secret. Elle aurait alors été condamnée au seul bannissement. Une femme valant à peine la moitié d'un homme, elle n'aurait pu entrer dans le cercle de la vengeance. Soudain elle fut certaine que son père n'avait rien dit. La honte dont la vérité eût éclaboussé son honneur l'avait emporté sur la crainte de voir son enfant abattu.

Mais dans le cas même où son véritable sexe eût été révélé, la condamnation à mort n'était pas à écarter. Une mort publique, pire encore que le destin de bête traquée que signifiait la vengeance. Une mort sale, qui ne permettait pas d'épouser la grandeur d'un destin régi par la loi. Elle aurait alors été enterrée avec ses vêtements masculins, mais elle n'aurait pas eu droit aux pleureurs. Elle n'aurait pas eu droit aux lamentations ténébreuses des hommes, aux coups qu'ils se donnent sur la poitrine en se griffant la peau du visage, au sang dont ils se couvrent et qu'ils ne lavent pas avant le lendemain. Elle n'aurait pas eu droit au cercueil ouvert des martyrs, ni à la prière aux oiseaux les implorant de ne pas dévorer sa figure. Elle aurait pu être lapidée ou bien brûlée vive. « Sur un tas de fumier ou entre deux feux », aurait précisé sa mère. Elle se souvenait des récits que celle-ci lui faisait avec force détails alors qu'elle était enfant, récits où les châtiments les plus terribles s'abattaient sur quiconque enfreignait le code. La peur suintait des paroles de sa mère, du regard qu'elle posait sur le mensonge qu'était Adrian.

Désormais sa marche n'était plus dévorée par l'angoisse d'être rattrapée, jugée, condamnée. Elle ne ressassait plus la fiction de sa naissance, la honte de son père. Elle sentait de mieux en mieux combien il avait été pris à son propre piège, combien sa peur l'avait condamné, et sa famille avec, à une existence amputée et stérile. Délestée du fardeau de l'enfant, elle se sentait libérée d'une grande part de son inquiétude. La peur d'être retrouvée s'était atténuée, jusqu'à n'être plus qu'une angoisse fugitive qui, l'espace d'un instant et à intervalles de plus en plus éloignés, la traversait en lui tordant les entrailles, avant d'être de nouveau absorbée par le brouhaha de ses souvenirs. Elle faisait route vers le sud, s'éloignant des montagnes où végétait sa malédiction.

Le sentier descendait de manière abrupte, et sa vue s'ouvrait assez loin dans la vallée. Le haut plateau dénudait ses beautés karstiques où tombaient çà et là, à grands plis lâches, des voiles d'herbes et de mousses aux nuances de pistache. Elle s'arrêta un instant pour souffler et prendre la mesure de son avenir, aussi large que vertigineux, dans le regard dont elle embrassa le paysage. Le vent amena quelques notes aiguës à son oreille, et elle vit au loin un troupeau de moutons déployé comme une onde sur la colline. Elle envia un instant le destin tracé des bêtes, puis se rappela que c'était précisément ce qu'elle fuyait et se remit en mouvement.

Elle continua de suivre la sente escarpée qui, peu après, fit une courbe et se mit à longer un torrent asséché, bordé d'épais buissons de sumac aux reflets fauves. De chaque côté, les chaînons élevaient leurs dents flûtées vers un ciel presque aussi accidenté, où les fumées des nuages passaient avec des lenteurs de méharées. Les reliefs, faits de pics acérés et de cirques glaciaires, fondaient dans des gorges aux profondeurs aveugles. Au sol, des plaques cendreuses gangrenaient la maigre végétation, en écho avec les gris innombrables du ciel, et les alternances d'ombre et de soleil fatiguaient l'œil d'Adrian autant que le voyage épuisait son corps.

C'est ton âme que tu portes, Adrian, c'est ton cœur que tu soutiens de tes bras maigres pour ne pas qu'il s'érafle au sol pierreux, pour ne pas qu'il s'écrase et t'abandonne à ta solitude, à la froidure du dedans, qui te fait mettre un pied devant l'autre.

Adrian marchait vers le sud, les tempes humides. Les lumières de juin ricochaient entre les branches des plaqueminiers, faisaient des fuites claires sur le sol. Elle tenait sa veste d'un doigt crocheté sur son épaule, la laine de son pull agaçant sa nuque en sueur. Dans un virage, un fragment argenté l'éblouit soudain, disparut aussitôt. Elle recula d'un pas pour retrouver l'éclair bleu-gris et tâcha de s'orienter parmi les pièges rectilignes des arbres. En un instant le monde ne fut plus qu'une vastitude irréelle et liquide. Un immense lac s'étendait devant elle, à seulement quelques mètres de la route, impossible à deviner sans la trahison des rayons.

Adrian se déshabilla et étendit ses vêtements déjà trempés de sueur sur la rive. La fraîcheur de l'air sur sa peau délivrée fit naître le premier sourire depuis des mois. Elle entra dans l'eau très froide, hésitant sur les pierres, regardant la fuite des petits poissons sous ses pas avec une avidité où perçait un espoir, celui de faire quelque chose de sa fuite, d'accomplir un destin que l'horreur subie sous le poids immonde de Brerim avait rendu inéluctable. De l'eau jusqu'aux genoux, son corps nu tendu vers le ciel, elle regarda autour d'elle. Un peu plus loin, des pélicans poursuivaient leur pêche parmi les roseaux, indifférents à sa présence.

Adrian pénétra plus avant dans la masse résistante de l'eau. Elle s'efforçait de respirer malgré les crispations que le froid imprimait à sa peau. Elle nagea un peu pour se réchauffer et son souffle s'apaisa. À présent elle était loin du bord, elle n'avait plus pied et se maintenait par de lents mouvements des bras, ses jambes fendant l'eau en vagues élastiques. Le silence était seulement parcouru des bruissements souples du vent dans les arbres, du cri d'un oiseau, du clapotis que faisaient ses bras. Subitement elle vit, sur la rive, un éclat roux surgir du bois pour aussitôt y rentrer.

Un instant tout se figea dans cette flamme orangée. Adrian sortit de l'eau en frissonnant et se sécha au soleil un long moment avant de repartir.

*

De loin en loin, elle croisait des mouranes, petits tas de cailloux qui marquaient les limites d'un territoire et, souvent, l'endroit où la mort avait jeté le corps d'un homme né pour ce destin de lisière. Ces amoncellements cénotaphes n'étaient pas d'antiques tumulus radotant leur légende, c'était l'œuvre récente de mains calleuses qui, la veille encore, le matin même peut-être, pleines de leur certitude, avaient patiemment accumulé les roches, jouissant de la perpétuation d'un mystère plus grand, plus nécessaire que leur propre existence. Adrian eut l'impression fugace que ces monuments minuscules s'adressaient à elle, qu'ils étaient autant de présages lugubres, autant de jalons définitifs qui avalaient son parcours, lui interdisant de se retourner.

Traversant un hameau elle vit une chemise tachée de sang, accrochée à un fil face à une fenêtre. Elle battait dans le vent, comme encore animée de la vie qu'elle recouvrait peu auparavant. Bientôt elle jaunirait, rappelant au vengeur l'urgence de sa tâche. Si le soleil s'en mêlait, elle jaunirait plus vite. Adrian frissonna de cette présence solitaire et imagina le visage terrifié de celui qui, derrière la vitre, fixait la chemise comme pour empêcher le sang de pâlir.

Il lui arriva aussi de découvrir dans un virage l'un de ces bâtiments aveugles et archaïques, ces tours de claustration qui avaient peuplé les veillées sombres de son enfance. Certaines étaient en ruine, d'autres tenaient encore leur axe terrible. Adrian savait que la coutume du sang touchait de très nombreuses familles dans la région et que, même si certains meurtriers préféraient fuir à l'étranger, voire se laisser enfermer dans les prisons d'État, quelques tours servaient encore de refuge.

Elle se demandait, chaque fois qu'elle en voyait une surgir à l'horizon, si quelqu'un s'y terrait, figé dans une temporalité absurde et essentielle. Elle comprit brusquement que celui sur qui plane la menace de la reprise du sang est plus lucide, plus près du soleil que celui qui, tout aussi condamné, l'oublie constamment dans la folie de sa vaine existence. Adrian pensait à ces vagabonds de légende, que l'on croisait parfois un ruban noir autour du bras et que le hasard maintenait dans le carcan d'un héroïsme dont, le plus souvent, ils se seraient volontiers passés, avec une sorte de tendresse horrifiée. Elle les imaginait confinés dans la nuit et la vermine, en attente du néant, recroquevillés par l'épouvante et l'espoir mêlés de trouver enfin l'accès vers une délivrance sans déshonneur. Plus d'une fois elle crut voir, passant devant l'une de ces tours, levant les yeux vers l'unique meurtrière qui en perçait le flanc aride, l'éclat d'un regard déjà tourné vers l'intérieur.

12

Elle marchait de village en village, empruntant parfois le dos d'un âne ou l'arrière d'une charrette. Mais le plus souvent, elle voyageait au hasard des nombreux fourgons collectifs qui sillonnaient le pays en quête de passagers. Pour quelques pièces, ils la déposaient dans un faubourg crasseux ou sur le bord d'une route, où elle attendait le prochain véhicule qui viendrait à passer. Elle vivait de ce qu'elle trouvait ici ou là, donnant un coup de main pour effectuer une réparation, couper du bois, aider là où sa force pouvait être utile. Ses muscles étaient entraînés au-delà des exigences de son véritable sexe, et l'habitude de le dissimuler finit par se muer en conviction. Elle aurait presque fini par oublier qu'elle était une femme, à présent qu'on ne lui demandait plus de feindre d'être un homme. Elle n'avait jamais de difficultés à être accueillie ; sa longue physionomie brune et sa discrétion rassuraient. Les gens qu'elle rencontrait ne remplissaient pas uniquement leur devoir d'hôte, ils appréciaient sa compagnie. Elle n'avait pas eu l'occasion auparavant de mesurer l'affection qu'elle pouvait susciter, sa relation aux autres ayant été confinée dans les limites de la terreur exercée par son géniteur sur sa mère, sur ses sœurs et sur elle-même.

Elle ne se fixait pas, désireuse d'avancer toujours plus vers le sud, soucieuse aussi de ne pas créer de liens trop profonds avec les gens qui l'hébergeaient. Elle fit quelques rencontres, parfois touchantes, parfois désagréables, toujours singulières ; mais elle n'en laissait aucune exercer sur elle une prise suffisante pour l'arrêter. Elle continuait de descendre, de mettre le plus de distance possible entre elle et le monde d'où elle venait.

Traversant le pays dans sa longueur, elle vit des ruines antiques, les hirondelles au-dessus faisant des déchirures dans le bleu comme des lames argentées, avant de disparaître à toute vitesse dans l'interstice entre deux blocs rocheux, projectiles vivants et parfaitement ajustés. Elle vit des citadelles et des villes de pierre où sinuaient des chats, où dormaient des chiens errants parsemés de plaques galeuses. Elle vit une cité blanche tranchée par une rivière, des bunkers oubliés que couvrait une végétation vorace. Elle croisa des vieilles femmes ou des adolescents qui, à chaque passage de voiture, tendaient à bout de bras des lapins vivants ou des sacs en plastique au contenu mystérieux. Parfois elle longeait des champs sur des kilomètres, terres d'oliviers aux allures bibliques ou lopins plantés de maïs au bord desquels les cultivateurs s'abritaient sous des toits de longues feuilles séchées. D'autres fois c'était une succession de chantiers interrompus, de bas-côtés noyés de détritus. Elle vit des voitures dont les coffres étaient ouverts sur des montagnes de pastèques, elle vit des chevriers en pantalon blanc et chemise ouverte escortés de chiens noirs, jouant de leur bâton sur le sol battu comme leurs ancêtres l'avaient fait avant eux. Elle sentit l'odeur des troncs dénudés dans les terres et celle des forêts fraîches à proximité des côtes.

Derrière son obstination à suivre une trajectoire méridionale se dissimulait ce à quoi elle aspirait depuis l'enfance : rejoindre la capitale. Elle rêvait de découvrir ce monde que sa mère lui avait toujours dépeint comme menaçant, voire diabolique. Sans se représenter clairement ce qu'étaient la vie citadine et la modernité, elle aspirait à s'extraire du monde archaïque où s'était engluée sa jeunesse de cauchemar. Elle avait toujours douté de la sagesse du droit coutumier, sans avoir les arguments pour la contester, et seule la grande ville offrait les moyens d'y échapper.

Mais les semaines, les mois passaient, et elle ne se décidait pas ; elle évitait autour du pôle citadin comme un voilier autour de son ancre. Chaque fois qu'elle approchait enfin de la capitale, c'était pour mieux rebrousser chemin et s'en éloigner davantage. Jusqu'à un soir de la fin d'été, plus d'un an après qu'elle eut quitté la maison de la vieille.

Elle venait d'arriver dans ce village de la côte,

presque tout au sud du pays. Sa découverte de la mer avait été une déception, tant les lacs de montagne lui avaient donné l'habitude de l'eau à perte de vue. Néanmoins, elle avait passé un long moment sur le sable, seule parmi les familles, anomalie vêtue d'une veste ample et d'un pantalon épais malgré la chaleur d'août. Toute la matinée des enfants l'avaient harcelée, mendiant de l'argent ou de menus objets, ou simplement se moquant de son allure insolite. Puis midi était monté au soleil et la grève s'était vidée, les visages rougis fuyant vers l'ombre des maisons.

Adrian avait remarqué une jetée de pierre, au loin ; attirée par son éclat argenté perçant le large de sa flèche, elle avait décidé de la rejoindre. Elle était remontée sur la promenade et se dirigeait vers une étendue de sable en labour, qui tenait plus du chantier que de la plage. Une palissade en zinc déglinguée la séparait de la route, et de loin en loin des grues abandonnées levaient leur cou pathétique vers le soleil brûlant. Adrian scruta l'horizon et estima qu'il lui faudrait marcher à peu près une heure sur ce terrain vague léché par la mer pour rejoindre la pointe qui brillait à l'aplomb du zénith. La promenade était vide, à l'exception d'une silhouette assise sur un banc. L'homme, impassible et large, avait les mains posées sur la boule sculptée d'une canne qu'il tenait bien droite, ancrée dans le sol devant lui. Son feutre râpé ombrait un visage tempéré de malice. On eût dit un homme autrefois célèbre, que l'on croit mort et qui s'amuse du tour joué à la postérité en coulant des jours tranquilles et balnéaires à l'insu de tous. Lorsqu'elle passa près de lui, sa voix précise l'interpella :

— Où vas-tu comme ça ?

— Vers la pointe.

— Alors, fais demi-tour et prends le bus.

— Non, je veux marcher.

— Je te dis de faire demi-tour et de prendre le bus.

— Mais...

— Tu te colles bien contre la vitre, tu ouvres grand tes yeux et tu comprends.

Adrian allait protester à nouveau, mais l'évidence calme qui émanait de cet homme la paralysait. Elle ne sut que remercier et, sans bien savoir pourquoi, obéir. Elle fit demi-tour vers l'arrêt de bus.

Tandis qu'elle attendait, son regard s'échappait parfois vers l'homme. Il fixait la mer, les mains toujours posées sur sa canne. De loin, et bien qu'elle n'entendît rien, elle aurait juré qu'il fredonnait. Enfin le bus arriva, elle monta et s'installa près de la fenêtre. Regardant vers le banc où l'homme était encore la minute d'avant, elle constata avec surprise qu'il avait disparu. Elle se contorsionna pour regarder de tous les côtés mais ne l'aperçut nulle part. Elle ne put retenir la pensée qu'il avait été avalé par la mer.

Pendant le trajet qui la menait vers la pointe, elle ouvrit grand les yeux. Ce qu'elle vit la stupéfia. La plage qu'à première vue l'on croyait déserte était semée de figures inquiétantes qui s'étageaient sur les lignes claires de l'estran. Certaines étaient immobiles, adossées à une roche ou allongées dans une attente moribonde, d'autres étaient aux aguets. Toutes étaient animées de tics et suaient un désespoir qui la saisissait jusqu'à travers la vitre. Parfois le bus, à la faveur d'un virage, se rapprochait du ruban de sable où se tenaient ces simulacres d'hommes. Elle devinait alors entre leurs mains vibrantes le manche d'un couteau, la crosse d'un revolver. Certains se battaient dans une danse alentie dont aucun ne semblait devoir sortir vivant. Ils donnaient l'impression d'attendre quelque chose ou quelqu'un, de toute éternité. Elle ignorait à quelle obscure vengeance, à quelle violence sourde elle échappait, mais remercia intérieurement le personnage massif qui l'avait arrêtée à temps.

À la pointe elle se pénétra du contraste entre cette vision infernale et la beauté qui s'étalait sous ses yeux. La mer brasillait dans le soleil excessif, ses nuances apaisant toute blessure. Les ruines d'un temple antique animaient les lieux, témoin d'une existence passée dont la vérité lui donnait du courage. Elle eut envie de plonger dans la mer, protégée par leur bienveillance, de se livrer dans les ondes calmes et bleues à leur regard tutélaire, ce regard qui voyait sous sa peau, la délivrant des mensonges et des rôles. Un ciel de nuit plombé, voilé d'une lune tiède, eût couvert sa baignade, mais il faisait plein jour et l'interdit subsistait. Elle aspira la lumière comme une marée.

*

Lorsqu'elle revint dans le village, l'étau de chaleur s'était desserré et la foule commençait à reprendre possession de la promenade. Des femmes vêtues de noir claudiquaient deux par deux, dépassées par des bandes de jeunes gens débordant de rires et de provocations. De temps en temps une charrette tirée par un cheval faisait s'écarter les promeneurs. Des filles aux bouches vulgaires et aux tenues minuscules trônaient sur des barques renversées au pied de la jetée. Adrian se perdit dans les ruelles grossièrement pavées. Des gamins grouillaient, foule animale et malpropre, qui la bousculaient comme un troupeau insolent. Elle les chassait du revers de la main, ils revenaient sans cesse, elle finit par en gifler un. Dix, cent, mille paires d'yeux brillant dans la crasse d'une peau hâlée se braquèrent sur elle. Mal à l'aise, elle poussa la porte du premier café qui se présenta.

Dès l'entrée, elle fut agrippée par l'odeur moite et salée que dégageaient le bois humide, les corps des pêcheurs accoudés au comptoir, le houblon fermenté. Elle prit place sur un tabouret haut et commanda une bière. Près d'elle, un homme achevait la sienne. Il portait des bottes de pêche et un chandail de laine craquelé de sel. Ses traits ravinés accusaient les excès du soleil. Il fit un bref signe du menton à Adrian. Elle le salua et, tout en buvant sa bière, observa à la dérobée sa peau couleur de ciel brun, ses dents défoncées, ses yeux teints par le vide et la stupeur où survivait un archaïsme insulaire.

Adrian entendit la maîtresse des lieux, une matrone

aux formes démesurées, discuter avec l'un des clients, et comprit qu'elle louait des chambres à l'étage. Quelque chose l'apaisait dans cet endroit, qui tenait à son odeur robuste et mélangée, peut-être aussi aux mailles crissantes du pull de l'homme. Après avoir demandé le prix à la patronne, Adrian décida d'y passer la nuit. Appelée par sa mère, une jeune fille sortit des cuisines et la précéda dans l'escalier. Elle était très laide, et son regard fuyant poissa longtemps au corps d'Adrian après qu'elle eut refermé la porte de la chambre.

*

La nuit tomba bientôt, glissant sa marée tiède sur l'édredon où Adrian était couchée. Par la fenêtre ouverte, le firmament déposait de rares étoiles sur les ruelles boueuses. Déposant ses fatigues, Adrian se sentait pareille à la bourbe morte qui s'étalait au-dehors. Des rires, des chants pleins d'une bière saumâtre lui parvenaient d'en bas. Incapable de dormir, elle se tournait et se retournait dans les odeurs de laine rance. Au bout d'une heure, isolée dans sa cellule au papier peint vieillot, irritée par les manifestations d'une joie qu'elle ne partageait pas, elle se décida à descendre. Dans la salle, l'atmosphère était plus lourde ; les relents d'une musique périmée saturaient le peu d'espace que leur laissaient les conversations éméchées. Le lieu s'était rempli, et l'on étouffait dans les senteurs lourdes que les marins avaient rapportées du large.

Derrière son comptoir, la grosse femme se tenait,

intangible et aveugle à l'avancée de l'heure, à l'ivresse de plus en plus bourrue des clients. L'homme était toujours là, le front s'inclinant au-dessus de sa pinte vide. Un rayon de verre opaque, lorsqu'il tendit sa bière pour la renouveler, éclaira les iris pers de ses yeux. Deux éclats perdus dans un visage brun, tanné de barbe renfrognée, qui semblait plus jeune qu'à la lumière du jour. Il dévisagea Adrian lorsqu'elle s'assit près de lui, la salua avec la même ellipse du menton que la première fois. Elle ne sut s'il la reconnaissait, se surprit à l'espérer.

Elle commanda une nouvelle bière et tenta de se concentrer sur la disparition lente de la mousse, mais ne pouvait s'empêcher de jeter à l'homme des regards dérobés. Il avait l'air d'un nautonier perdu dans sa barque, dérivant sur un lac anonyme. Elle finit par dire quelques mots, faisant glisser jusqu'à lui leur insignifiance. La conversation peu à peu s'engagea. L'homme était moins soûl qu'il n'y paraissait et peu à peu le temps creusa la nuit sur leurs paroles qui venaient avec précaution, se mélangeaient, s'amenuisant l'une l'autre à se frotter de la sorte. L'homme parlait peu, mais Adrian petit à petit s'épanchait. Elle racontait ses insomnies, ses songes bizarres, les trous de sa mémoire et sa sensation de vivre un destin emprunté. Tout en taisant sa vérité, elle se confiait à cet inconnu, dans le secret de ce village perdu à la lisière du continent. Ce sentiment paradoxal de liberté, que renforçaient les effets de la bière, l'installait dans un bien-être neuf, la délassait de l'errance accablée où elle subsistait depuis tant de mois que ses souvenirs s'y brouillaient en une rêverie emmêlée.

Au bout d'un moment, lassée d'alcool, Adrian proposa à l'homme d'aller faire un tour sur le port. Elle était sereine, ancrée provisoirement dans cette compagnie brute et sans exigence. Ils marchèrent jusqu'au môle et s'assirent sur le sol. Un vent s'était levé, qui faisait geindre les planches disjointes des pontons. Les silhouettes crochues des mâts émergeaient du ciel brumeux et un héron braillait, plein d'envols affolés et de fausses alertes. De ses pupilles métalliques, l'homme fixait l'oiseau, qui semblait collé depuis toujours au séjour glauque du rivage. Adrian s'étendit sur la pierre froide, les jambes pendantes, les pieds frôlant presque l'eau. L'homme imposait son silence. Il passa son visage dans ses paumes râpeuses, faisant briller ses yeux et éveillant en Adrian un désir et une peur indéfinissables face au temps maritime, ce temps qui ne passait pas. Un grand calme s'étalait partout, jusque dans le discret ressac sur la roche.

Toujours debout, l'homme regarda Adrian, allongée à ses pieds. Elle leva la tête vers lui, qui dressait sa carrure dans le ciel piqué d'étoiles. Elle comprit qu'il avait vu en elle, et n'en fut pas étonnée. Le corps trempé par l'humidité, elle se redressa en frissonnant, prête à le suivre dans l'exploration qu'il proposait à sa façon muette. Ils quittèrent la jetée et traversèrent un terrain vague séparant le port de la plage. Il y avait des ornières, de la boue, des sillons et des traces de pneus. Ils se dirigèrent vers la limite de la grève, où des arbres s'attroupaient. À côté, un chemin de sable montait et surnageait, avant de s'abaisser en cascades démesurées de fougères et de nuit. Adrian suivait l'homme, qui l'entraînait parmi les troncs. Des racines aux figures difformes, visages d'elfes tors, s'allumaient à leur passage de toute la vigueur de leur longévité, d'innombrables plantes sans fleurs tissant un décor à leur marche. Tout était vert et sombre, et archaïque et beau.

Lui se taisait et sa main, incongrue dans celle d'Adrian, guidait leurs pas dans la poussière gluante. Il communiquait son mutisme à tout le petit bois vidé de ses bêtes et du souffle de vie des végétaux. Leur foulée avait le rythme lent d'une mécanique. Brusquement, l'homme s'arrêta, ses bras soulevèrent Adrian et l'emmenèrent vers un tapis de mousse bleuâtre. Elle n'avait pas peur. Sa présence en cet endroit, avec cet homme et à cette heure, était nécessaire, choisie. Les gestes de l'homme étaient sans impatience. Ils étaient ceux d'un artisan, à la fois doux et maîtrisés. Sous lui, elle ne sentit d'abord que le froid, et l'obscurité, et l'absence de paroles. Puis autre chose vint, qui l'ouvrit absolument. Toute la vie de la forêt s'était retranchée dans sa chair, condensé de terre brute où se répandaient le monde et ses fureurs. Jetant un cri dans l'humus, elle éteignit le monde et ses dernières clartés.

Peu après, desserrant leur étreinte au-dessus du gouffre entraperçu, ils rajustaient avec maladresse leurs vêtements emmêlés. Gênés, ils retournèrent silencieusement vers le port. L'homme prit congé dans un dernier mouvement de menton. Le sillage de ses pas résonna longtemps après qu'il eut disparu dans la nuit. Adrian regagna sa chambre en quelques enjambées. Étendue sur le lit trop mou, elle sut que le moment était venu. Demain, elle prendrait la direction de la capitale.

13

Elle considère la tente plantée au beau milieu de la forêt. De petits animaux s'égaillent autour, le soleil en chute libre enroule sa chaleur en une clairière impeccable. Tout y est : ses livres, sa poupée favorite, ses provisions – une bouteille d'eau rosée de grenadine, douze bonbons de couleur, cinq petits gâteaux à la cannelle et même une pomme –, ses deux plus belles robes. Le tissu de la tente est idéal, un épais molleton crème à motifs roses que soutient un tuteur de livres et de jouets empilés. L'oreiller, pièce maîtresse de son système, figure bien au centre de la construction. Mais quelque chose ne va pas. Le réconfort n'y est pas, elle échappe encore à la plénitude espérée, malgré la parfaite autonomie dont elle jouit désormais.

— Dirina ! À table.

Elle y réfléchira pendant le déjeuner, mais il lui faut trouver une solution. Elle referme soigneusement les pans de la tente, déloge les animaux, renvoie le soleil et sort de sa chambre. À plusieurs reprises, sa mère la gour-

mande, démunie devant l'air absent qui, tandis qu'elle mâche, lisse les courbes de son petit visage.

Le déjeuner expédié, elle court à sa chambre et referme la porte à clé. Elle a compris. Elle ne parviendra pas à partir vraiment si elle reste. Toutes les tentes, toutes les forêts imaginaires n'y pourront rien. Elle se dirige vers la fenêtre qu'elle ouvre en grand et se penche pour étudier la situation. Pour la millième fois, elle s'imagine enlevée par un jeune prince, figure de conte qui escalade pour elle la façade de la haute maison. Elle saute généralement les passages où des difficultés, tel le grand portail en fer forgé, s'opposent à son sauvetage par le jeune homme puis à leur fuite. Le monde extérieur, au-delà des longs arbres et de la grille, est immense, et c'est bien là tout ce qui importe.

Elle referme la fenêtre et s'accroupit à l'entrée de la tente. Elle saisit son oreiller et, se servant de la taie comme d'un sac, y glisse livres et denrées. Sa musette est vite remplie ; elle se résout à laisser les robes, le prince lui en offrira à foison. Elle a un regard coupable vers la poupée dont elle caresse les cheveux platine en guise d'adieu. Elle noue les coins de son baluchon, cherche autour d'elle un bâton sur lequel le fixer, comme elle a vu faire aux vagabonds de ses livres d'images ; en vain. Tant pis, elle jette l'escarcelle sur son épaule, elle n'a pas de temps à perdre. Elle doit profiter du moment où son père fume devant la télévision tandis que sa mère est occupée à faire la vaisselle.

Elle descend les marches avec précaution, s'appliquant à poser le pied là où elle sait pouvoir éviter les craque-

ments du bois. Dans le couloir qui sépare le salon de la cuisine, elle s'assure que ses deux parents lui tournent le dos. Arrivée dans l'entrée, elle retient son souffle ; c'est le moment le plus délicat. Tourner le verrou grinçant, dégager le pêne, ouvrir et refermer la lourde porte en évitant son tremblement d'orage, la vibration des vitres derrière les ferronneries. Elle est dehors.

Debout sur le perron de ciment, la petite silhouette est écrasée par la marquise de métal et de verre qui la surplombe, et à travers laquelle juin filtre un soleil opaque et maigre. L'enfant sent son cœur battre. Elle descend les quelques degrés menant au jardin, dont la traversée est une épreuve fantastique. Elle brave les filins translucides des araignées qui, rarement dérangées, ont conquis l'espace entre les branches. Le front collant de soies et de rosées projetées, elle ne prend pas le temps, comme elle le fait d'ordinaire, d'une marelle sur les pavés que griffent les mèches d'un gazon bien entretenu. Elle avance aussi vite que le lui permet son fardeau en direction de la grille.

Mais la traversée est longue, périlleuse ; elle s'accorde un arrêt sous le carré de bambous, amas impénétrable pour tout autre qu'elle et où se déplie tout un monde d'histoires et de refuges. Un instant elle s'abrite derrière les fagots de troncs minces pour souffler et regarde si quelqu'un dans la maison paraît s'être aperçu de son absence. Rien. Pas un mouvement, pas un son ne lui parviennent de l'imposante demeure.

Les yeux fixés sur ce monde qui déjà lui semble lointain, l'enfant passe sa petite main le long des cannes noueuses. Elle sent sous sa pulpe les cicatrices laissées par les feuilles dont les restes jaunis jonchent le sol, en cet endroit du jardin où elle aime se cacher et inventer les aventures de sa solitude. D'un geste réflexe, elle tire sur une des lames. Le bruit sec du pétiole l'arrache à sa contemplation ; redoutant de faire demi-tour, elle ressort bravement des feuillages et se dirige vers le grand portail. Le métal vient d'être repeint, d'un vert sombre qui évoque l'étoffe lourde des uniformes.

Elle tourne la poignée, ne se souciant plus du grincement aigu que son geste provoque, du claquement de tambour que fait le métal en tournant sur ses gonds, dans un instant elle sera de l'autre côté, dehors elle sera libre, irrattrapable. Tout à coup elle se sent soulevée de terre. Elle lâche son baluchon qui, s'écrasant au sol, délivre son contenu. Les bonbons roulent jusque sur la chaussée. Son père la tient fort dans ses bras, tandis que sa mère la regarde avec anxiété. Dirina fait mine de se débattre, on la relâche. Une gifle s'abat sur sa joue. Albena aussitôt reprend sa main, désolée, s'agenouille et serre sa fille contre elle.

Dirina se dégage et, honteuse, court vers la maison, sa chambre. Albena enfouit son visage dans ses paumes, Luan pose une main impuissante sur son épaule et frémit au bruit que fait la porte en claquant derrière l'enfant.

14

Elle monta dans un bus, chargée d'un petit sac contenant sa vie propre.

Lorsque, après quelques heures d'un voyage cahoteux, les premières bandes goudronnées vinrent lisser les pneus du car, son cœur se serra. Elle ne connaissait rien de ce qui l'attendait et laissait derrière elle un monde terrible, mais familier. Le bus parvenait au sommet d'une hauteur : Adrian vit surgir, en contrebas de la colline qui descendait vers la ville, un paysage irréel fait de constructions modernes, de bâtisses de métal et de verre qui ne ressemblaient à rien de ce qu'elle avait pu voir. Entre elle et ce nouvel univers, s'étalait un désordre hybride aux tonalités indistinctes. À mesure que se précisaient les zones périphériques, le béton colonisait les terres pelées, les terrains de plus en plus vagues se couvraient de déchets de plus en plus artificiels. Devant les découpes des montagnes qui s'estompaient peu à peu, mêlant la blancheur des névés à celle, chlorotique, d'un ciel urbain confit de pollution, s'érigeaient les masses d'immeubles pour la plupart délabrés. À leurs fenêtres abandonnées coulait une misère morne. De temps à autre, Adrian devinait parmi les détritus la présence d'une chèvre ou d'un âne qui la rassurait, avant d'augmenter sa détresse. Elle se voyait elle-même dans ces vestiges égarés au cœur des banlieues et de leur désespoir.

Les abords du centre l'épouvantèrent. La profusion extravagante des voitures, les larges avenues à l'échelle inédite, le bruit, l'odeur âcre, faisaient resurgir les vieilles croyances rabâchées de sa mère, les mythologies villageoises qui teintent la grande ville de tonalités infernales. Les toits plats des bâtiments énormes aussi étaient un effroi, montagnes décapitées, majestés arasées par la férocité des hommes.

En descendant du bus elle prit conscience de l'ampleur de sa solitude, du désastre qu'il lui faudrait affronter. Elle longea d'abord un immeuble en travaux hérissé d'échafaudages que dissimulaient des langues noires effrayantes, incompréhensibles. Elle prit une rue au hasard pour échapper à cette vision, tout aussi oppressée que fascinée par ce qu'elle découvrait. Elle marchait pour neutraliser l'impression de cauchemar qui l'avait saisie dès les faubourgs, elle marchait pour s'approprier par la force de ses muscles les trottoirs crevassés et l'air vicié. Autour d'elle tout s'échappait dans une verticalité terrifiante. Les lignes des immeubles montaient et fuyaient à toute vitesse et pêle-mêle. Un vertige la saisit alors qu'elle traversait un pont de planches et de pierre, elle s'accouda et pencha la tête vers l'eau.

Le ruban plat et lent, qui s'étalait entre les folies urbaines, l'apaisa un peu. Brève incursion de la nature que l'environnement, comme les embâcles de matières ignobles qui en gênaient le cours, parvenait à rendre artificielle. Adrian étrécit son regard afin de ne saisir que la masse brune de l'eau. Alors, peu à peu, elle vit une forêt. De longues algues évoquant des branches de conifère poussaient leurs tiges souples dans le courant, et elle sentit son être ployer vers les profondeurs dont l'énigme se densifiait de la couche aqueuse la recouvrant. Ces sargasses l'emportèrent au cœur de ses sylves natales, sur les montagnes que cette eau avait traversées, creusant la roche avec la détermination de la nature, pour aboutir là, en ville, poursuivant sa course aux pieds épuisés de la jeune femme. Un fouillis de bêtes et de cris carnassiers s'agita au fond de la rivière, des bruyères luirent, des réements et des brames s'élevèrent, des feuilles craquèrent et très vite l'odeur de pin fut si forte, la noyade si capiteuse, qu'elle dut faire un effort pour s'en dégager.

Elle quitta le pont et s'engagea dans une avenue un peu plus large : son immersion lui avait fait gagner en audace. Tout au long de l'après-midi, elle arpenta le quartier, remarquant des parcs, des arbres qui ne lui étaient pas apparus d'abord. Les bâtiments prenaient de la couleur, les formes s'adoucissaient, elle s'appropriait les échelles de son nouvel espace. Elle remarqua que bien souvent, au détour d'une rue, on apercevait la silhouette décolorée des montagnes, comme un rappel que les deux mondes pouvaient coexister. Chacun de ses pas visait cette fois à l'ancrer dans le bitume, à intégrer les visions nouvelles et phénoménales qui se déployaient à tout instant devant elle. L'impression d'engloutissement se faisait moins forte à mesure qu'elle retrouvait une rue déjà empruntée, un magasin déjà remarqué, qu'elle croisait pour la deuxième ou même la troisième fois un commerçant, un passant. Elle se disait qu'elle pourrait parvenir, à force de déambuler dans la même zone, à ce qu'on la reconnaisse. Alors elle ne serait plus une étrangère, alors elle pourrait commencer à vivre là. Jusqu'à ce qu'elle s'aperçoive que les regards qui se portaient sur elle se faisaient louches, et que ses allers et retours étaient surtout considérés comme suspects. Il était temps qu'elle trouve un endroit où passer la nuit.

Elle s'engagea dans une ruelle étroite au fond de laquelle, lui avait-on indiqué, se trouvait un hôtel propre et bon marché. Un peu intimidée par l'ombre et le silence soudains, elle fut rassurée par les boucles des plantes qui grimpaient le long des façades lézardées, les ébauches de coquetterie aux abords des bâtisses, plus basses que sur les avenues. Elle poussa la porte et entra dans un hall désuet, dont les allures familiales achevèrent de la tranquilliser. Un vieil homme l'accueillit en souriant et lui demanda combien de nuits elle voulait rester. Elle l'ignorait. Il voulut ensuite savoir si elle désirait une chambre simple ou double.

— Madame voyage seule ?

Adrian se figea. Un silence terrifié suivit, interminable. Ce ne fut que lorsqu'il chercha le registre sans la quitter des yeux, en tâtonnant sous le comptoir de ses mains tordues, qu'elle comprit que l'homme était aveugle.

— Je suis seule, oui.

Près de suffoquer, des larmes muettes ruisselant sur ses joues, Adrian prit la clé en balbutiant un remerciement et se précipita vers l'ascenseur. Sa chambre était au deuxième étage. Elle verrouilla derrière elle et, sans même regarder l'état de la pièce, se jeta sur le lit où les sanglots finirent par la faire sombrer dans un sommeil sans rêves.

Elle s'éveilla douze heures plus tard, étrangement apaisée. Les yeux fixés au plafond, elle repensa à la confusion du vieil homme de l'accueil. La nuit avait déposé sans bruit l'épisode au fond de sa conscience et elle pouvait à présent l'examiner d'un cœur calme. Sa voix. Quelque chose dans sa voix la révélait. Elle émit quelques sons, fredonna un air familier. Elle ne parvenait pas à s'entendre, à déterminer le sexe de son timbre. Pourtant la clairvoyante méprise de l'aveugle l'apaisait.

Elle fit d'un regard le tour de la chambre ; les murs étaient couverts d'un papier peint prévisible, les couleurs affreuses, mais l'ensemble était à peu près propre. Elle pourrait rester là le temps qui serait nécessaire. Munie de vêtements neufs et de la serviette trouvée sur l'unique étagère, elle longea le couloir jusqu'à la salle de bains collective située à son extrémité. Ses pieds nus s'enfonçaient dans la moquette rêche, une odeur douceâtre de produits ménagers et de poussière lui asséchait la gorge.

Elle ouvrit la porte, s'assura que la salle de bains était vide et ôta les frusques crasseuses avec lesquelles elle avait dormi. Un miroir courait tout le long du mur, face aux cabines dont la netteté se révéla plus douteuse que dans la chambre. Adrian contempla son image, passa la main sur l'épaule maigre, suivit du doigt la clavicule, pressa une paume sur la douceur minuscule du sein, le ventre creusé, la hanche. Sa main retomba. Elle pénétra dans la douche, referma le rideau de plastique et fit longtemps couler la pluie tiède, fixant les scories des chemins et des mois qui fuyaient par la bonde dans une eau d'abord cendreuse, puis de plus en plus transparente.

Le grincement de la porte mit fin à son hébétude. Elle entendit quelqu'un entrer, une voix d'homme salua à la cantonade, elle ne répondit pas. L'inconnu ne sembla pas s'en formaliser car il se mit à siffloter en se déshabillant. Adrian guetta le son du rideau rabattu et du jet d'eau pour sortir et, après s'être sommairement séchée et habillée, rejoignit sa chambre en quelques pas.

*

Lorsqu'elle descendit dans le hall, harcelée par une faim terrible, ce n'était plus le vieil homme qui tenait l'accueil. Une jeune hôtesse blonde la renseigna sur les endroits où déjeuner à peu de frais, la saluant ensuite d'un « Au revoir, monsieur » qui lui fit se demander si elle n'avait pas rêvé sa rencontre de la veille.

Elle déjeuna d'un feuilleté au fromage, de miel et de pastèque dans un petit café ouvert sur le trottoir. Une fois rassasiée, elle songea que sa première urgence était de trouver du travail. Elle interrogea le serveur, qui lui conseilla de se rendre dans le centre, où nombre de commerces venaient d'ouvrir et cherchaient à recruter. Elle y fut en quelques minutes et, longeant les rues fraîchement bitumées et les vitrines brillantes, regarda les annonces. Sur une affichette, son œil attrapa le mot « RECHERCHE », suivi du mot « DÉMÉNAGEUR ». Elle poussa la porte.

L'homme regarda sa longue maigreur et souleva un sourcil. Elle, souleva la table métallique, dans un mouvement qui montrait son habitude de l'effort et la puissance de ses muscles fins.

L'homme soupira et lui fit remplir une fiche. Elle commencerait dès le lendemain et devrait être à huit heures trente à l'adresse qu'il lui indiqua.

*

Elle y fut, avec même quelques minutes d'avance. Personne. Elle attendit, assise au bord du trottoir, en proie au vertige d'une inscription si rapide dans son nouvel univers. Elle observa un long moment les allées et venues d'un matin qui s'ouvre, les cris et les espoirs chaque jour remis à neuf. Ce n'était donc que cela, la grande ville. Elle y était depuis moins d'une journée et déjà les terreurs qui l'avaient saisie la veille se recroquevillaient. Déjà cette vie commençait d'être la sienne, déjà la rudesse de son enfance, les errances et les peines perdues lui paraissaient pouvoir être surmontées. Elles n'avaient été qu'un prélude, une préparation nécessaire ou un tribut à payer à la vérité. Cette aisance qu'elle avait à s'adapter la frappait comme une révélation, et dans le bruit et les fumées Adrian eut envie de rire.

Un camion gigantesque surgit au bout de la rue. Il se gara juste devant elle dans un tapage de freins, de pneus et de tôle, envoyant valser une bouteille jusque dans le caniveau. Un jeune homme en descendit d'un bond, adressant à Adrian un salut laconique. Dans son visage sombre se lisait l'imminence d'un sourire. Il tendit une main énorme, dont les doigts de travailleur contrastaient avec la finesse du poignet. « Idlir. » « Adrian. » « C'est au sixième. » Il ouvrit les portes du camion. Adrian grimpa et prit un carton, Idlir d'un ricanement la chargea d'un second. Elle entama la montée des étages. Des éclats de voix et des odeurs grasses s'échappaient des portes qui donnaient sur les couloirs étroits. Son ascension était ralentie moins par l'effort que par son intérêt pour ce monde qu'elle découvrait. Idlir la rattrapa avec quatre chaises. Il courait presque et lui grogna une injure qui était un encouragement. Elle eut tout juste le temps de se coller au mur, déjà il redescendait en lui hurlant de se dépêcher. Une porte s'entrebâilla. Adrian tenta d'aller plus vite avec ses deux cartons, mais elle trébucha et les boîtes s'écrasèrent au sol dans un fracas de plancher sale, déclenchant des exclamations derrière les cloisons minces des appartements voisins. Il était presque neuf heures et ces gens-là dormaient encore. Adrian, habituée à se lever à l'aube, ravala son indignation.

Elle redescendit quatre à quatre, craignant qu'ils n'ouvrent la porte et ne s'adressent à elle. En bas, Idlir n'avait apparemment rien remarqué. Il désigna un fauteuil et s'engouffra de nouveau, portant une lampe aux formes incompréhensibles.

Chargée de son meuble, Adrian progressait difficilement dans le couloir étroit. Soudain le siège, trop large, se coinça, l'empêchant d'avancer. Elle força, le fauteuil passa, entraînant un tuyau qui se décrocha du mur. Le bruit de ferraille résonna dans la cage d'escalier comme dans une église. Une voix émanant de l'étage au-dessus se mit à franchement l'insulter. Toute la peur, la frustration, le dégoût et la fatigue de son enfance et des événements qu'elle avait traversés ces derniers mois se condensèrent alors en une boule dans son estomac, et la boule devint une voix qu'elle ne se connaissait pas. Un timbre grave et sans appel, qui eut pour mérite de faire taire le râleur. Elle songea fugacement au vieil homme de l'hôtel.

Ils terminèrent aux alentours de midi, au moment où le propriétaire arrivait. Ce dernier vérifia l'état des meubles transportés, ne fit aucun commentaire sur le tuyau qui penchait en travers du couloir, les paya et referma sur lui la porte de l'immeuble. Idlir se tourna vers Adrian ; son visage était à présent celui d'un adolescent débonnaire. Dans un large sourire, il proposa d'aller boire un verre après avoir rendu le camion. Adrian lui emboîta le pas.

15

Grâce à Idlir, Adrian avait trouvé un appartement un peu éloigné du centre. Elle se faisait lentement au tumulte de la capitale. L'activité qui semblait ne devoir jamais cesser dans ces foules grouillantes, la solitude impossible, le bruit permanent, la circulation automobile, l'agressivité nécessaire, tout cela lui paraissait relever d'une dimension parallèle, qui lui restait étrangère mais où elle évoluait avec une facilité croissante. Lorsque Idlir lui avait raconté qu'à peine dix ans plus tôt, on avait installé les premiers feux rouges en ville, elle n'y avait pas cru. Avec de grands rires, il lui peignait la circonspection des rares automobilistes lorsqu'ils arrivaient aux abords de l'un de ces poteaux lumineux. Longtemps, ceux-ci avaient d'ailleurs fonctionné dans le vide. Le développement de la voiture privée, cacophonique autant qu'excessif, était très récent, et Idlir prophétisait que cela n'était que le début.

Ils travaillaient de plus en plus souvent ensemble

et s'entendaient bien. Quoique demeurant dans les limites d'une pudeur virile où la plaisanterie et la chicane avaient la plus grande part, Adrian sentait une facilité dans ses rapports avec Idlir qui la reposait des dissimulations où elle se débattait depuis l'enfance. L'idée de revêtir une personnalité de femme en accord avec son sexe, ce que lui aurait permis l'anonymat où elle était dans cette ville, ne l'avait jamais effleurée. Outre qu'elle ne se connaissait d'identité que masculine, elle voyait combien la vie était plus facile pour un homme seul que pour une femme dépourvue de famille.

L'amitié d'Idlir lui était rapidement devenue indispensable. Contrairement à ce que leur premier contact avait laissé présager, c'était un jeune homme très tendre, sachant s'adapter à la rudesse de son métier. Adrian appréciait la douceur qu'il mettait en toute chose, au contraire des autres hommes qu'elle croisait et malgré le sacrifice qu'il consentait à certaines représentations de la masculinité. Il cultivait de surcroît un goût inattendu pour la littérature, en particulier pour la poésie, qui éloignait de lui la plupart des jeunes gens qu'il était amené à rencontrer dans son travail. Adrian découvrait avec étonnement cette curiosité enthousiaste qu'elle n'avait jamais eu l'occasion d'observer chez quiconque. Enfin, une fois sa confiance acquise, Idlir était un garçon jovial, prompt à rire et à faire rire, et sa compagnie était pour elle à l'image de sa découverte du monde citadin : neuve, libératrice et souvent déconcertante.

Elle avait facilement trouvé à compléter ses revenus en servant deux soirs par semaine dans un bar du centre. Idlir ne manquait pas d'y passer ces soirs-là, pour profiter d'une ou deux bières gratis mais aussi parce qu'il sentait naître en lui une véritable affection pour Adrian. Elle lui donnait l'impression inédite d'être réellement écouté. Tandis qu'elle s'affairait derrière le bar, quand il ne lui parlait pas de littérature, il la noyait dans des exhortations mâles et peu convaincantes à se trouver une ou, mieux, des femmes. Il ne trouvait pas normal qu'Adrian n'ait pas de petite amie, je te dis pas de te marier, mais quand même c'est important de tirer un coup de temps en temps. Enfin il finissait sa bière et donnait en guise d'adieu une grande claque de sa paluche disproportionnée sur le comptoir. Il rentrait ensuite chez lui, anxieux de mettre une éternelle dernière main à un poème épique dont il parlait sans cesse mais qu'il n'était jamais en mesure de faire lire à Adrian. Plus tard, quand ce serait vraiment fini.

Un soir Idlir resta jusqu'à la fermeture, buvant bière sur bière, griffonnant des vers sur les sous-bocks pour aussitôt les biffer. Il restait muet, ses gros doigts agitant son stylo, le front nuageux, au grand étonnement d'Adrian qui continuait son service sans oser l'interroger. Depuis quelques mois qu'ils se fréquentaient, elle ne l'avait jamais vu aussi renfermé.

Lorsque, après la fermeture, ils se retrouvèrent sur le trottoir, Idlir fit signe à Adrian de le suivre, il voulait l'emmener quelque part. Un endroit où il aimait aller lorsque l'humeur noire lui dévorait les veines. Ce furent ses seuls mots et ils marchèrent un long moment, jusqu'à ce qu'Idlir s'arrête devant une vitrine opaque. À l'enseigne lumineuse mauve manquaient deux ou trois lettres, mais Adrian put en lire suffisamment pour deviner la catastrophe à venir. Elle ne pouvait plus reculer, elle avait suivi son ami avec trop de facilité pour changer d'avis à la dernière seconde.

Plusieurs canapés couverts de tissus aux imprimés fauves habillaient une pièce dont l'atmosphère échouait à s'égayer malgré les néons roses, bleus, verts qui la saupoudraient de taches stroboscopiques et bourdonnantes. Le long du mur sale filait un comptoir derrière lequel se tenait un homme vêtu d'un débardeur noir où brillait l'or factice d'une chaîne à gros maillons. Sa bedaine précoce contrastait avec ses membres trop minces et brouillait la possibilité de lui donner un âge. Les cheveux tirés en arrière, suant abondamment, il tentait de se distraire en lançant, sur un ton peu convaincu, quelques insanités aux femmes affalées sur des tabourets en skaï écorché. L'entrée d'Idlir et d'Adrian eut un effet immédiat : le regard de l'homme s'alluma, les seins se dressèrent dans les décolletés, les culs se tendirent, les chevelures se mirent en mouvement, dispersant quelques bouffées de parfums superposés et trop denses dans l'atmosphère enfumée.

— Salut Mario, lança Idlir à l'homme qui s'approchait d'eux pour les servir.

— T'as amené un copain ?

— Il en a besoin.

— Excellent. Excellent.

L'homme alluma une cigarette tout en fixant Adrian. Elle eut la sensation qu'il l'avait dévêtue en un regard et en fut glacée.

— C'est moi qui invite, décréta Idlir.

Adrian ne sut s'il parlait de la boisson ou du reste, mais son angoisse augmenta à cette évocation tacite de ce qui l'attendait. Ils s'installèrent au zinc et commandèrent deux rakis. Une femme brune s'approcha d'Idlir ; il lui parla à l'oreille, elle rit. Lui commençait à se détendre, à mesure que croissait l'effroi d'Adrian. Il fit un signe de tête à Mario qui servit un verre à la femme, sur la croupe moulée de laquelle Idlir glissait sa main d'ogre. Adrian, à la fois incrédule et terrifiée, observait ce manège et, lorsqu'une voix éraflée passa par-dessus son épaule, elle se retourna d'un coup, manquant renverser son verre. La grande femme aux cheveux roux qui se tenait près d'elle, peut-être depuis un moment sans qu'elle s'en fût aperçue, eut un mouvement de recul suivi d'un petit rire qui, bizarrement, rasséréna un peu Adrian.

— Je m'appelle Gisela, et toi ?

Adrian prononça son nom dans un souffle et dut le répéter. Gisela avait des yeux verts où nageaient des ocelles dorés. Elle lui proposa de boire un verre et lui prit la main, geste d'une douceur incongrue dans ce contexte. Elles commandèrent et Gisela se mit à parler.

Elle venait d'ailleurs. Elle s'était retrouvée dans cette capitale étrangère en suivant un petit gars, qui l'avait jetée sitôt qu'elle n'avait plus eu d'argent. Elle avait voulu fuir ses parents, le milieu bourgeois dont elle venait, goûter à l'aventure. Elle avait été servie. La prostitution avait été un choix, disait-elle. Elle s'estimait plus chanceuse que d'autres, contrôlait ses horaires et son argent. Mario la traitait bien, pourvu qu'elle respectât les règles. Peu à peu, Adrian se détendait. Elle lui parla de ses montagnes, et des détours qu'il lui avait fallu faire pour arriver jusqu'à ce bar sordide. Elle prenait plaisir à livrer ces moments de sa vie, les contours d'un destin emprunté dont, en réalité, elle n'avait jamais parlé à quiconque, si ce n'était peut-être à l'homme au regard de nautonier, lors de cette nuit perdue sur un rivage chimérique qui lui avait permis de mettre fin à son errance. Elle avait le sentiment que Gisela l'écoutait vraiment, et en même temps de se raconter à elle-même un parcours qu'elle s'était jusque-là plutôt efforcée d'oublier, ou en tout cas de ne pas chercher à comprendre.

Tandis qu'elles discutaient, Idlir faisait des signes à Adrian, ostensiblement satisfait de voir que, grâce à lui, son ami allait enfin pouvoir toucher une femme. Au bout d'un moment, la brune et lui se levèrent, Idlir fit un dernier clin d'œil et le couple se dirigea vers une porte au fond de la pièce. Mario leur lança quelque chose qu'Adrian ne parvint pas à entendre. Elle les suivit des yeux jusqu'à ce qu'ils aient disparu derrière la cloison grasse. Elle était consciente que lorsqu'elle se retournerait vers Gisela, il lui faudrait affronter ce à quoi elle avait espéré échapper pendant ces quelques minutes d'une discussion où elle avait effleuré le sentiment d'elle-même.

Gisela fixait Adrian avec un petit sourire illisible. C'était à la fois beaucoup plus et beaucoup moins que ce qu'elle craignait. La prostituée se leva et l'entraîna vers une autre porte, qui donnait sur une petite chambre sombre. Adrian regarda vers le bar avant d'y pénétrer, mais Mario était en pleine conversation avec une autre fille. Elle en fut rassurée, comme si elle échappait ainsi à l'emprise de cet homme répugnant. Gisela referma derrière elle et s'assit sur le lit. Elle rit en voyant le visage terrorisé d'Adrian.

— T'es puceau ou quoi ?

— Pas vraiment…

— Qu'est-ce que t'as alors, tu bandes pas, c'est ça ?

— Non, c'est pas ça…

— C'est quoi ? Je te plais pas ?

— C'est vraiment pas du tout ça.

— Ben dis-moi, de quoi tu as peur ?

Alors Adrian obéit à une impulsion, un mouvement déterré par une brillance familière dans l'œil de la femme rousse. Elle s'approcha et lui caressa les cheveux, la joue, la nuque, puis descendit le long de ses épaules sur sa poitrine. Gisela se taisait, la regardait dans un sourire grave. Adrian ne se voyait pas faire, n'essayait pas de réfréner ses gestes, ne pensait à rien. Elle prit la main de Gisela et la fit passer à son tour sur son corps, lui retirer ses vêtements, animer sa peau en de lents abandons muets. Elle se livra à cette inconnue, à cette grande femme solide aux gestes doux et à la voix cassée qui l'autorisait à se donner, sans crainte ni jugement. Un instinct les poussait l'une vers l'autre, où la nature de leurs corps physiques n'entrait qu'accessoirement.

III

Être femme est une infirmité naturelle
dont tout le monde s'accommode.
Être homme est une illusion et une violence
que tout justifie et privilégie.
Être tout simplement est un défi.

Tahar BEN JELLOUN, *L'Enfant de sable*

16

Dirina et ses parents prirent le bateau de onze heures. L'homme qui avait déchiré leurs tickets déroula les bouts et les jeta en un tas embrouillé sur le pont. D'une poussée de sa semelle, il décolla le bateau de la jetée, cracha quelques brins de tabac, envoya un clin d'œil à Dirina. L'adolescente rougit, tournant son visage fragile vers le large. Ses parents allèrent se mettre à l'abri à l'intérieur. Elle, préférait rester sur le pont durant la traversée.

Le vent glaçait les joues et bleuissait le ciel. L'étrave dégageait de gros bouillons dans lesquels Dirina jetait des pensées fatiguées, des mots usés et des souvenirs translucides d'avoir été trop scrutés. À tout juste dix-sept ans, elle se sentait vieille à mourir, chargée d'un poids démesuré. Derrière elle une terre s'éloignait, tandis qu'une autre ombrait la brume devant le bateau. Entre ces deux possibles, survivaient le bastingage écaillé autour duquel ses doigts se crispaient, son corps qui n'était plus qu'une silhouette et d'autres présences mouvantes, odorantes de sueur et d'humidité malsaine, des hommes, quelques femmes avec leurs mômes accrochés, un chien même. Les yeux égratignés par des mèches de poil mouillé, l'animal fixait l'ouverture par où passait la chaîne de l'ancre. Pour lui la mer ne serait jamais que la sphère bleue graisseuse, de la taille d'un ballon, que lui permettait de découvrir l'orifice. Dirina détourna le regard de ces visions vulgaires qui la blessaient comme un mépris.

Comme tous les ans, ils étaient en vacances dans cette petite ville balnéaire et cossue, de l'autre côté de la mer qui était aussi l'autre versant de l'existence. Le monde y tournait autrement et, là d'où elle venait, seuls les gens comme ses parents se sentaient le droit de venir passer l'été *là-bas*. Comme tous les ans, ils quittaient leur villégiature le temps d'une journée, se livrant à leur excursion rituelle sur une île célèbre pour sa quiétude et pour sa grotte peinte de fresques très anciennes. Au loin, elle imaginait les côtes sombres de son pays, sa misère et les drames qui s'y jouaient à son insu.

Tout à coup des cris s'élevèrent dans son dos : elle se retourna vers le pont et vit les autres passagers, le visage brûlant, les doigts tendus vers elle comme des lames acides. Elle ferma les paupières pour échapper à ces flèches qui se multipliaient et la criblaient de leurs pointes venimeuses. Elle se sentit glisser le long de la filière, fondre jusqu'au sol et se dissoudre dans le gémissement des tourbillons d'eau crue. Elle n'était plus qu'une masse indistincte rongée peu à peu par l'effervescence marine, où venaient ricocher les reproches et les injures. Les passagers la chargeaient de tous leurs maux, des malédictions ancestrales pesant sur leurs familles, des névroses et des accidents, des funestes fardeaux dont ils étaient lestés. Elle était comme écrasée, son corps n'étant plus rien que la mince pellicule de désespoir subsistant de son massacre.

Rouvrant les yeux elle ne vit que des visages qui brillaient d'un bonheur enfantin. Elle regarda alors dans la direction que montraient les doigts tendus, bien au-delà de sa pauvre personne qu'ils traversaient comme une brume. Elle vit des ailerons scintiller dans la lumière d'automne, et d'un coup la joie remplaça l'anéantissement. Des dauphins s'approchaient du bateau. Bientôt ils furent une demi-douzaine à en suivre les flancs, jouant avec l'étrave ; leur masse d'un doux gris luisant jaillissait avant de replonger sous la coque, ils soufflaient de radieuses bouffées d'écume et concentraient tout l'espoir et la vanité de l'univers dans l'évidence ludique de leur présence. L'impression d'un bref répit, d'une pause dans son enfer intérieur, la réchauffait et mettait un peu de rose à ses lèvres d'ordinaire fondues dans la pâleur du visage.

Puis les dauphins repartirent, lassés ou repus, et tous ces étrangers qui n'auraient pas échangé un regard se sentirent unis par l'exultation simple qu'avait suscitée cette apparition. Dirina elle-même eut, un instant, envie de serrer dans ses bras cette grosse femme rougeaude, ce marin taciturne, ces enfants mal lavés.

On arrivait. La vedette manœuvra à l'approche du ponton, cogna contre la jetée, provoquant déséquilibres et rires. Dirina descendit la première et, provoquant déséquilibres et jurons, bouscula ceux qu'elle aurait presque enlacés quelques instants plus tôt. Elle attendit ses parents sur le quai, mais ne leur fit la grâce d'aucun sourire et les prévint qu'elle allait se promener toute seule sur l'île. On se retrouverait ici un peu avant dix-huit heures.

Elle quitta le petit port d'un pas pressé, les yeux tendus vers la côte déchiquetée, les ruines qui coulaient sur l'îlot d'en face, les bedaines tachées des phoques, et fut rapidement sur la route qui longeait la côte vers l'ouest de l'île. Le soleil jetait des lignes tranchantes dans l'eau avec la précision d'un tir à l'arc. De temps à autre une voiture obligeait la jeune fille à se ranger sur le bas-côté, piétinant la fine bande d'herbe brûlée par le vent et l'été outrancier. Ces interruptions la ramenaient sans cesse à son malheur, à cette incompréhensible clameur qui, de loin en loin, surgissait sans prévenir et la dévorait pendant de longues heures, la laissant sur le flanc, désorientée, stupéfaite. Chaque fois qu'une voiture passait, elle craignait la rechute, son cœur se refermait comme un géranium triste, une nausée la secouait, elle tremblait. Puis le véhicule filait dans un vacarme de cardan mal fixé et une puanteur de carbone, la crise s'éloignait et Dirina retrouvait le rythme sauvage de sa marche. Pendant ce temps la mer, toujours décevante, continuait de battre les récifs en contrebas.

Un croissant de plage apparut, auquel on pouvait accéder par quelques marches de pierres grossièrement taillées. Elle retira ses chaussures, en noua les lacets pour les accrocher à son épaule et descendit sur le sable. Il était glacé malgré le soleil, ses mollets se contractèrent. Elle marcha jusqu'au reflux de l'eau qui, en cet endroit, n'était qu'un clapotis, un va-et-vient inoffensif et doux.

Elle entra dans la nappe fluide jusqu'aux chevilles. La tension douloureuse du froid lui remontait dans les cuisses, mais elle se tenait droite dans le léger courant qui la mordait. Elle ferma les yeux, s'absorbant dans la lumière vive de l'horizon marin. Elle flottait sur une partita de lentes gouttes violines, ses paupières laissaient filtrer une lumière veinée comme les rochers non loin où s'effondraient les eaux, des rafales bleues et vertes la soulevaient doucement, la faisaient succomber aux chutes renouvelées des vagues contre les falaises. La peau de son visage était si fine qu'elle pouvait sentir les vibrations du vent y creuser des sillons minuscules, s'y promener en un ressac pareil à celui qui, à quelques dizaines de mètres de là, rendait fou quiconque s'y arrêtait trop longtemps.

Les hurlements de la foule désignant sa honte étaient couverts par le fracas des vagues, pourtant elle les sentait monter, plus puissants que la mer. Les cauchemars ne lui laissaient que peu de repos. Elle ne se souvenait pas du moment où ils avaient commencé, elle ne se souvenait pas de sa vie avant les cauchemars, avant ces crises où le monde ployait d'un coup sous l'énormité de sa charge, où les êtres se tournaient vers elle pour lui signifier son infamie.

Dirina ouvrit grand les yeux, assez grand pour que la douleur provoquée par le vent sur sa cornée chasse les cris. Elle baissa la tête, dissolvant son angoisse dans le mouvement que ses orteils imprimaient à la masse transparente. Soudain elle sursauta, sortit précipitamment de l'eau. Ce qu'elle avait d'abord pris pour les chatoiements du soleil étaient de minuscules méduses sphériques, d'une transparence de groseilles sures, dont le ressac retournait les bulbes gélatineux et désorganisait les bras dentelés. Dirina se pencha avec précaution pour observer ces ombrelles passives et mouvantes dans le flot. Elles étaient innombrables, amas gluant de plancton où filtrait la lumière. Sur certaines se devinait un ocelle sombre, où entraient des informations aussitôt dirigées vers le mystère sensitif de l'animal, coulant au long de noires artères inconcevables jusqu'au cœur d'une intelligence primitive, archaïque, formidable.

La jeune fille inspecta ses pieds, qui ne révélèrent aucun signe de piqûre. Elle se rechaussa et remonta sur le bitume. Le vent était tombé et la chaleur pesait. La grotte de l'Ermite n'était plus très loin. Dirina avait oublié l'origine du nom donné à cette cavité creusée au centre de l'île mais, depuis l'enfance, elle s'identifiait à cette figure austère dont elle avait fait un compagnon bienveillant autant qu'un modèle. Les fresques qui ornaient la grotte la fascinaient comme si elles lui chuchotaient le récit de sa propre vie. Elle vit de loin la façade de roche blanche et la bouche d'ombre à son pied. Déjà s'en extrayait la fournée des touristes dont elle avait partagé la traversée un peu plus tôt et parmi lesquels se trouvaient ses parents. Elle attendit que tout le monde se fût égaillé vers les restaurants ou les sentiers avant de rejoindre la grotte.

Dirina pénétra dans la noirceur. Elle frissonna au frais contraste avec le dehors. Elle se dirigea vers sa fresque préférée, qu'éclairait un projecteur. Les pigments luisaient sous la faible lumière, faite pour préserver les ocres du passage du temps et des regards avides. Aucun dessin n'apparaissait clairement mais, selon l'hypothèse la plus courante, la scène représentait la Nativité. Dirina se laissait porter par les évocations, chaque année différentes, que ces images éveillaient en elle. Enfant, c'étaient les animaux qu'elle tentait de distinguer dans les courbes brunes et les défauts de la pierre ; à présent, elle cherchait le regard de la Vierge et la forme d'un berceau.

17

Adrian s'installa chez Gisela après avoir passé la semaine entière dans ses bras. Elle habitait un vaste appartement dans un immeuble du centre, un de ces vestiges décrépis à la beauté branlante, aux murs couturés de dartres et de fleurs de nitre, aux couleurs pastel suintant sur des balcons couverts de moisissures. Les moulures de la façade étaient fissurées, çà et là on devinait des peintures qui avaient été élégantes mais ne faisaient plus que des salissures bleuâtres, saignées par un immeuble dont les fondations semblaient gémir.

Ta vie abonde.

L'appartement de Gisela était à son image : un chaos contrôlé. Les souvenirs s'y accumulaient, les objets curieux et les audaces décoratives se multipliaient sans jamais étouffer. Coussins, tentures, animaux de bronze et gravures anciennes accueillaient en douceur. Sur le mur du salon, elle avait peint de larges corolles écarlates. L'idée lui était venue en découvrant un matin l'ombre d'un bouquet de lys projetée sur la surface blanche par un soleil heureux. Le rappel d'un jour naissant dans une fugace déflagration d'insouciance était fixé par les contours de cette fresque intime.

Les mois, les années passèrent. Le quotidien des deux femmes était séparé par une frontière étanche, entre la vie qu'elles ne partageaient pas, celle où Adrian était un homme et où Gisela vendait son corps, et leur existence commune, amantes au sexe indifférent, mêlées et rassurées dans un amour sans explications. Gisela était parvenue à un équilibre qui lui paraissait viable, tenant à distance respectable l'homme pour qui elle travaillait mais dont elle ne se sentait pas prisonnière, incapable d'éprouver un joug que son éducation et ses origines ne lui avaient pas appris à concevoir.

Elle ne parlait jamais de Mario avec Adrian, qui ne savait de lui que ce qu'elle avait pu en apercevoir le soir de leur rencontre. Une figure de comptoir, l'œil torve et la moustache menaçante – trop caricaturale pour être vraiment inquiétante, se répétait-elle, tâchant d'oublier le regard suintant duquel il avait semblé la dénuder et qui, au cœur de certaines insomnies, l'obsédait parfois jusqu'au cauchemar. Mais la plupart du temps, la manière dont Gisela gagnait sa vie appartenait à une réalité dont Adrian se dissimulait la teneur. Idlir l'y aidait, ne l'évoquant jamais. Il se réjouissait que son ami ait pris femme, bien que le métier de Gisela le mît mal à l'aise. À ses yeux, une putain avait quelque chose de vaguement abstrait qui ne pouvait s'accorder avec la matérialité d'un quotidien partagé.

Surtout la personnalité de Gisela avait permis à Adrian de combler des failles, de redresser les digues d'un destin qu'elle avait cru irrémédiablement tordu. Son propre vide se nourrissait des excès de son amie, dont la flamboyance faisait des éclairs désordonnés et roux dans sa vie jusque-là tissée de bruns et de gris. Les mélancolies dont elle était percluse s'apaisaient sous le feu de l'exubérance fauve que Gisela mettait en toute chose, et leurs deux solitudes trouvaient à s'ajuster. Parfois Adrian s'interrogeait sur cette femme auprès de laquelle son être se cimentait peu à peu, dont elle partageait le quotidien sans en connaître les tourments. Gisela ne laissait jamais filtrer aucune de ses peurs, ni aucun de ses doutes. Chaque geste, chaque parole semblait procéder d'un choix résolu, d'une décision incontestable, tandis qu'Adrian avait le plus souvent la sensation d'être agitée par un vent trouble où se perdaient ses convictions, sa volonté. Elle ne partageait pas ses réflexions avec Gisela, aspirant seulement à vivre de l'air joyeux qu'elle brassait continuellement et à s'appuyer sur l'assurance qu'elle avait pour deux.

Ta vie se double.

Elles menaient une existence en apparence austère, sortant peu, profitant de leurs moments d'intimité qui étaient de longues délivrances dédiées aux discussions et aux tendresses. Elles buvaient du vin piquant en parlant du passé, un peu, de l'avenir jamais. Bribe par bribe, Adrian avait donné à Gisela un aperçu de son histoire. Elle lui avait parlé du viol, de la mort probable de Brerim, de sa fuite. Mais pas de l'enfant. L'enfant n'existait pas, ne pouvait pas exister.

Le dimanche, Gisela ne travaillait pas, c'était son principe ; elle faisait alors découvrir à Adrian des poches de nature en pleine ville. Adrian n'aurait jamais soupçonné leur existence dans cet environnement artificiel et brutal, et c'était chaque fois un réconfort profond qui la reliait aux rares moments heureux de son passé. Elle aimait en particulier le refuge qu'était la serre tropicale, dans le petit jardin botanique à l'est de la ville.

Lorsqu'elle poussa pour la première fois la porte vitrée aux armatures de métal blanc, Adrian eut un choc. La sensation de touffeur l'alanguit au point que tous ses repères physiques semblèrent se dissoudre. La moiteur exhaustait les senteurs opaques de l'eau croupie, de la terre, des stipes drus que son corps tout entier, soudain sensibilisé à l'extrême, aspirait par ses pores épanouis. Elle eut très envie de Gisela, qui rit à la proposition glissée à son oreille.

Elles se prirent la main dans une allée vide et marchèrent sous les palmes. Adrian reconnut les fougères, mais n'aurait jamais imaginé une telle variété.

Certaines mimaient le métal de leurs reflets bronze, d'autres avaient des raffinements de flocons de neige et emmêlaient leurs cristaux vert pâle avec une délicatesse interminable. D'autres au contraire étaient d'une robustesse préhistorique. Elle souleva l'une des larges frondes pennées, effleura les sporanges bruns où frissonnait la vie avec l'impression de caresser l'origine du monde. Des échos de ses forêts natales lui revenaient en bouffées fraîches, fêlant l'atmosphère compacte des serres.

Elles admirèrent les fleurs étranges, succulentes aux nuances fuchsia, tubéreuses aux pompons veloutés, fleurs de coton naissantes. Elles s'étonnèrent des bulbes à la netteté plastique et multicolore, becs de perroquets ou graines de caféier, s'effrayèrent des trompes obscènes des plantes carnivores, au fond desquelles stagnait une liqueur avariée d'oubli et de tristesse. Elles s'amusèrent des appellations insolites, latinités aux traductions incongrues, aristoloches, crassulacées et monsteras. Adrian ne pouvait s'empêcher de toucher, d'effleurer, de presser entre ses doigts le papier humide des aracées, les feuilles poisseuses de miellat, d'appuyer sa paume contre les troncs fraîchement arrosés, d'abord fugacement, avec la légère appréhension liée au risque de se faire rabrouer par un gardien passant par là au mauvais moment, puis en s'enhardissant, serrant dans son poing les doux rameaux des araucarias jeunes, qui durcissent en mûrissant. Il lui fallait connaître toutes ces textures émouvantes dont les variations infinies lui faisaient, dans l'odeur tiède d'une eau corrompue, sentir son corps presque aussi puissamment que les caresses de Gisela.

Ta vie se mue.

Subitement, prise à l'artifice de cette nature reconstituée, où les continents se superposent, où les temps de l'univers se mêlent et diluent leurs frontières, elle crut entendre un félin grogner dans les palmes. Elle ferma les yeux, imagina le pelage qui glissait dans l'intermittence des feuillages, le bond, le festin... Le lynx revint à sa mémoire, créature familière à laquelle Adrian sourit avant de rejoindre Gisela. Accoudée à la balustrade d'un petit pont, celle-ci contemplait le bassin peuplé de poissons japonais aux flancs gras. Elle désigna les longues tiges des asphodèles, gradinées de fleurs blanches dont les étamines brandissaient leurs rousseurs vers les deux amantes.

— Elles me font penser à toi.

Adrian regarda autour d'elle et, voyant qu'elles étaient seules, déposa un baiser sur les lèvres de son amie.

18

Un bruit sur sa droite la fit tressaillir. Un jeune homme était entré dans la grotte. Ses cheveux très noirs étaient noués en catogan et il lui sourit en entrant dans la lumière du projecteur. Il devait être à peine plus vieux qu'elle. Dirina le salua, décontenancée par ce sourire.

— Vous étiez déjà venue ?

À son accent, elle devina qu'ils venaient du même pays. Elle répondit dans sa langue :

— Oui, je viens tous les ans.

Son sourire, à ces syllabes familières, s'élargit encore.

— Moi c'est la première fois.

Il se tourna de nouveau vers la fresque.

— C'est magnifique ces couleurs, et l'idée qu'elles ont été posées là il y a si longtemps.

— Oui…

Il y avait une telle candeur dans l'enthousiasme du jeune homme que, pour une fois, Dirina n'avait pas envie de se montrer désagréable. Mais elle ne savait que répondre, mal habituée à mettre des mots sur ses sensations.

— Je crois que c'est quelque chose d'important. Enfin, ça l'est pour moi.

— Je comprends, répondit le jeune homme d'une voix soudain très mûre. Vous voulez une cigarette ?

Ils sortirent de la grotte et choisirent pour s'asseoir un coin d'herbe d'où l'on ne voyait que la mer et le ciel. Le jeune homme s'appelait Enton. Il vivait sur la côte, dans les quartiers pauvres de la petite ville où elle venait en vacances tous les ans avec ses parents. Quelques mois plus tôt, il avait fui leur pays commun. Elle avait entendu parler des émeutes, de la guerre civile localisée qui avait ensanglanté les villages côtiers durant l'hiver. Mais c'était si loin de la capitale, du confort dans lequel vivaient ses parents qu'épargnaient les vicissitudes politiques et économiques du pays. Elle n'imaginait pas que l'on pût vivre ce qu'Enton avait traversé.

Un matin de février, l'un de ses camarades de classe avait frappé à sa porte. Un navire militaire ancré dans le port depuis plus de vingt ans était sur le point de partir. Enton ne pouvait pas manquer cela. Il avait attrapé sa veste, embrassé sa mère et lancé un « À ce soir » désinvolte avant de courir, accompagné de son ami, vers la marina où se déroulait ce fantastique événement. Ils avaient traversé les terrains vagues qui longeaient les plages, la limite entre les deux ne tenant qu'à la densité plus ou moins faible de la pauvre végétation. De temps à autre il fallait être plus discret dans sa course, c'était la guerre tout de même, et l'on avait beau être encore presque un enfant, la vie était dangereuse sur ces rivages sinistrés. Les deux adolescents croisaient parfois des hommes dont le regard leur signifiait de rentrer auprès de leurs mères. Mais ils continuaient, oubliaient et poussaient des cris d'Indien, gaspillant leur haleine aux quatre vents.

Un brouhaha les accueillit dès les abords de l'arsenal. Une foule se pressait autour du vieux navire de guerre, sombré dans l'oubli au fil des ans et qui se réveillait à présent d'un long sommeil. Enton et son ami s'approchèrent, mais la foule leur barrait l'accès à la coque. L'adolescent eut une idée ; il fit signe à son copain de le suivre, et tous deux contournèrent la foule par le côté. Une sorte d'étroit tunnel, creusé dans la jetée, reliait la capitainerie au bord de l'eau. On s'en servait d'ordinaire pour mettre à l'abri les denrées entre deux chargements, mais la pénurie qui durait depuis des semaines l'avait rendu inutile. La frêle carrure des deux garçons leur permit de s'y engouffrer et de ressortir juste devant la foule, au pied de l'impressionnant bâtiment. Une main épaisse se posa aussitôt sur l'épaule d'Enton.

— Vous, les deux, là, vous montez sur les autres bateaux, vous récupérez toutes les batteries que vous trouvez et vous les amenez sur celui-ci. Dépêchez-vous, il faut qu'on parte dans l'heure. Ça commence à chauffer.

La foule grondait de plus belle, des rumeurs annonçaient l'arrivée de la police et l'agitation croissante animait la jetée d'un remuement sourd qui vibrait dans tous les membres. Les garçons grimpèrent avec l'agilité de leur jeune âge sur toutes les embarcations amarrées, récupérèrent ce qu'ils purent et montèrent sur le navire, les bras chargés.

L'homme avait disparu, mais un autre leur indiqua de poser leur butin dans le carré du capitaine. Ils pénétrèrent dans la cabine et s'immobilisèrent, abasourdis. L'atmosphère feutrée ne ressemblait à rien de ce qu'ils connaissaient. Des boiseries habillaient tout l'habitacle, abritant des bibliothèques où des ouvrages de marine dans toutes les langues alternaient avec des cartes soigneusement roulées. Une mappemonde, un sextant, un compas venus d'un autre siècle étaient posés sur le large bureau qui, avec les banquettes tendues de velours rouge, meublait la cabine. Les deux garçons déposèrent leur tribut de batteries au sol avec respect et, peu à peu, s'aventurèrent à toucher les bois, les reliures, les formes et les couleurs inédites, inspirant les parfums d'un passé inimaginable.

Des coups de feu les expulsèrent de leur rêverie. Ils remontèrent quatre à quatre sur le pont. On tirait dans la foule. Ils s'abritèrent derrière le canon rouillé qui trônait au centre du gaillard, et comprirent. La terreur se mêlait à la fierté dans le regard qu'ils échangèrent. L'ancre avait été remontée, les aussières dénouées, le navire quittait le port. Ils étaient à son bord, ils avaient quatorze ans, et ils fuyaient leur pays.

Dirina, passionnée, écoutait ce récit d'une vie à la

fois si proche et si lointaine. Enton avait donc trois ans de moins qu'elle. Elle qui s'était jusque-là sentie si vieille avait l'impression auprès de lui de n'être qu'une enfant, de n'avoir rien vécu, d'avoir végété dans le formol d'une existence bourgeoise et confortable. Ses cauchemars lui apparurent comme les caprices d'une enfant trop gâtée qui ne sait comment occuper les heures d'une vie sans douleurs, sans privations, sans dangers véritables.

Soudain elle repensa à la mère d'Enton.

— Alors tu ne l'as jamais revue, après ton « À ce soir »...

— Non. Ça fait plus de deux ans.

— Mais au bout de combien de temps tu as pu la prévenir ?

— Une semaine après avoir rejoint la côte. Au bout de quinze heures de navigation, sans eau ni nourriture, on est arrivé au port, de l'autre côté du bras de mer, à des dizaines de milles de chez nous. On a recouvert le canon de tout ce qu'on a pu trouver pour ne pas donner l'impression qu'on venait en ennemis. Des gardes-côtes ont d'abord voulu nous empêcher d'aborder, mais ils ont vu qu'on n'était qu'une bande de réfugiés terrorisés. On a débarqué et on nous a dit : « Vous êtes libres comme l'eau. » Ça m'a plu comme idée. Malheureusement, dès le lendemain, la police a raflé tous les gamins comme nous qui erraient dans la ville et on nous a placés dans un centre de détention pour mineurs, d'où on ne m'a autorisé à appeler ma mère qu'au bout d'une semaine.

— Elle devait être morte d'angoisse...

— Elle en a vu d'autres. Et puis quelqu'un m'avait vu monter sur le bateau et avait pu la prévenir. Je crois qu'elle est heureuse de savoir que je vais peut-être pouvoir arriver à quelque chose.

— Qu'est-ce que tu vas faire ?

— Je pense partir vers le nord, vers la capitale, et qui sait, peut-être encore plus loin.

Il se leva. Face à la mer aux reflets indifférents, il s'étira et, dans un dernier sourire, lui souhaita bonne chance. Dirina le regarda s'éloigner. Elle aurait voulu lui dire de rester, elle aurait voulu le suivre, chez sa mère ou au-delà des océans, mais son chemin était ailleurs. Leur rencontre n'était qu'une marche sur laquelle se tenir plus droite. Elle attendit que le jeune homme disparaisse pour se relever et reprendre la route du port.

Elle suivait depuis un moment la pente douce et heurtée quand, à un brusque déclin du chemin, elle aperçut une large tache roussâtre. Elle sentit une angoisse disproportionnée l'envahir à mesure qu'elle s'approchait et que se confirmaient ses soupçons. Un renard gisait, épars, et dans le doux coussin des poils s'amassaient des framboises écrasées qui cognèrent au ventre de Dirina. Elle se plia en deux et cracha une bile de tristesse sur la terre sèche. Des larmes lui brûlèrent le visage. Elle passa une main sur sa bouche, son nez, repoussant les cheveux qui lui fouettaient le front, mèches très noires collées par les humeurs à sa peau douloureuse. Elle s'agenouilla et replia les flancs de la bête pour dissimuler le carnage à la vue des hommes déjà suffisamment coupables. Soulevant doucement le cadavre rigide, si léger qu'il paraissait poreux, elle le déposa sur le bas-côté, dans les crins d'une herbe rare où elle essuya ses mains gluantes de sang, de morve et de fiel. Elle rejoignit le port en titubant, voyant à peine que s'ouvraient lentement les pans de sa vie.

Elle attendit ses parents en fumant les cigarettes qu'Enton lui avait laissées. Le soleil commençait à descendre, couvrant d'or sale les ruines d'une forteresse bâtie à la pointe sud. Si elle l'avait pu, elle aurait imaginé les soldats qui, encore peu de temps auparavant, s'abritaient derrière ces pierres désormais rongées, dormaient à même le sol, mangeaient debout et trafiquaient leurs haines et leurs dégoûts dans une promiscuité indécente.

Mais elle ne pouvait penser à rien. Tous les éléments qui l'entouraient, asphalte rongé par le sel, bittes d'amarrage rouillées, coques en attente de carénage, flaques d'essence, coupons de voiles déchirées et pièces détachées à l'usage indécidable, ce fouillis encombré intimait à son esprit de se taire. Seules les sensations lui étaient tangibles, la brûlure du tabac dans sa gorge qui échouait à effacer celle de la bile, la tiédeur des rayons du soir naissant, les odeurs d'iode et de poisson avarié, la lumière vive assaillant ses paupières mi-closes.

Ses parents arrivèrent. Luan, d'un geste du plat de la main, fit tomber la cigarette de ses lèvres. Elle les regarda avec un air de défi morne, coupant court à tout reproche, et se dirigea vers le bateau. Albena regarda son mari, un désespoir mouillé au coin des yeux. Il soupira et l'entraîna derrière leur fille. Le trajet de retour fut interminable.

19

Au réveil, Adrian sentit un vide auprès d'elle. Guidée par le bruit dans la salle de bains, elle se leva et poussa la porte. Gisela, rentrée cette nuit-là plus tard qu'à l'ordinaire, était déjà levée. Elle se penchait au-dessus du lavabo, sa nuisette découvrant l'arrière de ses cuisses. Ses cheveux remplissaient la vasque et dissimulaient son visage. Adrian vint dans son dos et passa ses bras autour de sa taille. Gisela se releva brusquement et tourna la tête dans un fouillis de roux, cherchant à se dégager. Adrian avait eu le temps de voir l'obscur reflet dans le miroir. Elle força son amie à écarter ses cheveux. Une marque violette couvrait sa pommette gauche, accentuant les flamboyances dans ses yeux.

— Qui t'a fait ça ?

— C'est rien.

Adrian serra les poings.

— Rien ne t'y oblige, Gisela.

— J'ai fait un choix.

— Ça peut changer.

Gisela tenta d'orienter la dispute vers des sentiers plus familiers, glissant vers d'autres reproches, inversant les culpabilités. Elle trouvait qu'Adrian prenait trop de risques en fréquentant Idlir. Adrian, qui tenait d'autant plus à cette amitié qu'elle ne voulait pas dépendre uniquement de Gisela, supportait très mal ces intrusions. Elle les contrait en revenant sans cesse à la violence que subissait Gisela et que la marque sous son œil faisait pénétrer sur leur territoire protégé. Après plus d'une heure d'épuisantes batailles, Gisela capitula.

— Je ne peux pas arrêter comme ça. J'ai une dette envers Mario.

— Quelle dette ?

— Une dette morale.

— Parce qu'il t'a aidée en te mettant sur le trottoir, c'est ça ? Tu te fous de moi ?

— S'il te plaît, arrête. On tourne en rond.

— Je sais.

— Viens, je t'emmène quelque part.

Elles prirent la vieille voiture de Gisela et sortirent de la ville. Adrian n'ouvrit pas la bouche de tout le trajet. Gisela conduisait lentement, à la fois agacée par la bouderie de sa compagne et souriant de savoir que l'endroit allait lui faire oublier leur conflit. Au détour d'un virage, Adrian fut éblouie : un lac splendide s'étalait entre deux collines semées de conifères. À la crête, des tourbières faisaient des trouées mauves dans l'herbe encore verte en ce début d'automne.

Elles se garèrent face à l'étendue. Des arbres que l'obstination du vent avait penchés indiquaient le sens du courant, contre lequel les cygnes avaient cessé de lutter. Placides, ils se laissaient voguer, plongeant parfois leur long col et basculant leur croupe blanche vers le ciel en un ballet réglé. Au centre du lac, un îlot herbu invitait à nager vers ses rives. Gisela sentit la tension se relâcher. Elle sortit de la voiture, invitant Adrian à en faire autant. « C'est par là. » Adrian suivit les lumières dans les cheveux de son amie jusqu'à un sentier qui s'enfonçait dans les bois. Elles marchèrent une quinzaine de minutes, longeant un torrent dont le volume sonore allait croissant. Peu à peu le bruit devint presque assourdissant. Soudain elles y furent : si proche qu'elles auraient pu y plonger la main, une chute d'eau de près de trente mètres s'écrasait dans un fracas indifférent. Sans un mot, elles s'enlacèrent et se perdirent longtemps dans le mouvement prévisible et pourtant toujours neuf des transparences.

*

Au fil des ans, Idlir avait entièrement ravalé ses allusions égrillardes, comprenant que la relation entre Adrian et Gisela, même s'il n'en saisissait pas la nature exacte, allait bien au-delà d'une satisfaction charnelle qui, pour lui, était le seul horizon affectif envisageable. Si Adrian se sentait parfois coupable du mensonge qui demeurait entre elle et son camarade, elle en oubliait le plus souvent son sexe, habituée qu'elle était à ce qu'on la considère comme un homme. Leur complicité était de celles, viriles, qui ne vont jamais au-delà d'un certain seuil de familiarité. Elle les maintenait, en dépit d'une profonde affection, aux frontières du costume dont Adrian était revêtue et qu'elle considérait comme sa peau extérieure, réservant l'autre, plus fine et plus fragile, aux mains de Gisela.

Ta vie se forme, mais ta vie se cache.

Souvent Idlir venait dîner chez elles. Gisela s'étonnait de ce que le jeune homme parût n'avoir aucun doute quant au sexe de sa compagne. Sans qu'elles en aient jamais parlé sérieusement, elle pressentait qu'Adrian aimait cette prise de risque que constituait l'introduction d'une tierce personne dans leur intimité. Idlir alliait un pragmatisme bon enfant à une naïveté suffisante pour ne rien remettre en cause des apparences. Adrian se serait dévêtue devant lui, qu'il aurait persisté à nier son sexe, tant l'univers inaltéré qu'était le sien impliquait, pour tourner rond, qu'Adrian fût un homme. Pourtant Gisela s'inquiétait, voyant parfois Adrian effleurer les limites du danger avec une certaine jouissance.

Ce soir-là Idlir avait, l'alcool aidant, esquissé l'envie de leur lire quelques pages de son poème épique. Les deux femmes l'avaient gentiment moqué, et il s'était muré dans le silence de son orgueil blessé. Elles avaient tenté de le dérider, en vain. Il avait rejoint le canapé et s'était enfoncé dans un livre, sourd à leurs invites à revenir à table. Adrian, dans un rire gêné, était allée s'asseoir à côté de lui, mais il avait persisté à l'ignorer. Elle avait rejoint Gisela et toutes deux avaient presque fini par oublier sa présence muette, se retrouvant et se perdant sans cesse dans l'égoïsme de leur bavardage amoureux.

Ce fut à ce moment-là qu'une conversation inhabituelle avait eu lieu entre elles, qui avait lézardé le mur séparant leurs mondes respectifs. Rendues poreuses par l'ivresse, leurs identités doubles s'étaient mêlées en une capillarité dangereuse. Adrian avait de nouveau demandé à Gisela d'arrêter. Elle avait suffisamment de travail pour les entretenir toutes deux. Gisela avait refusé, catégorique. Elle savait qu'Adrian souffrait de la voir partir chaque soir, de l'imaginer avec ces hommes frustes et souvent avinés. Mais pour rien au monde elle n'aurait accepté de se laisser entretenir. Elle avait quitté sa famille pour se prouver qu'elle était capable de se débrouiller seule, elle s'y tiendrait quel qu'en fût le prix. Elle promit de réfléchir à une autre solution et de parler à Mario.

Idlir, gêné par cette discussion où il n'avait pas sa place, s'était d'autant plus enfermé en lui-même. Il avait fini par s'endormir dans les mollesses du sofa et n'était visiblement plus en mesure de rentrer. Lorsque Adrian proposa qu'il passe la nuit chez elles, Gisela vit dans son regard une lumière qui l'effraya. C'était le reflet de l'excitation qui la prenait dès que leur vie clandestine s'ouvrait un tant soit peu vers le monde extérieur. Elle l'avait déjà perçu avec plus ou moins d'intensité, mais pour la première fois elle eut vraiment peur. Les deux sphères qu'elles prenaient soin, au quotidien, de maintenir éloignées l'une de l'autre se frôlaient dangereusement, leur ligne de tangence se matérialisant dans la mince cloison qui séparait leur chambre du salon.

Adrian s'approcha du jeune homme d'un pas somnambule. Elle se pencha pour lui ôter ses chaussures, puis regarda Gisela. Celle-ci sut qu'il valait mieux qu'elle se prête au jeu, si elle voulait en garder le contrôle. Muettes, elles défirent la ceinture du pantalon. Lorsque le vêtement glissa, laissant apparaître un caleçon ajusté, elles évitèrent de regarder le renflement du sexe mais ne purent s'empêcher de constater la même chose : Idlir avait un bassin de femme. De larges hanches, assez basses, qui surmontaient des cuisses denses et velues. Associées à son buste musculeux, elles lui conféraient un charme bizarre, à la fois émouvant et risible. Gisela sentit alors, avec une évidence glacée, qu'Adrian était curieuse de toucher ce corps ambigu, ces formes à la désirable étrangeté. Elles restèrent immobiles un long moment à le contempler. Leurs respirations étaient lourdes, l'alcool et le trouble ouataient la nuit, lui donnaient une consistance aigre qui brouillait l'air entre elles. Brusquement Gisela recouvrit leur ami d'un plaid râpeux et se redressa. D'une main sans équivoque tendue vers Adrian, elle la releva et l'entraîna dans leur chambre, où elles s'enfermèrent jusqu'au lendemain.

Où crois-tu que va le blanc quand fond la neige ?

20

De loin, Dirina aperçut Johnny. Il fumait devant le bar, assis sur l'un des bancs rongés de sel qui longeaient les vitres malpropres. Elle eut pitié de lui. On eût dit qu'il était là depuis toujours. De fait, cela faisait si longtemps que Johnny travaillait dans ce troquet qu'il prétendait avoir oublié sa vie d'avant. Son vrai nom était Xhemesdïn, mais il se faisait appeler Johnny à cause d'une fascination brouillonne pour l'Amérique. Il en parlait comme s'il l'avait parcourue de long en large, bien qu'il n'eût jamais quitté la petite ville portuaire où la misère l'avait jeté hors du ventre de sa mère, directement sur ce banc. Il crachait entre ses pieds des brins de tabac et saluait qui passait d'un menton rudimentaire. Ce jour-là, une main pesant sur son genou tandis que l'autre pendait, il paraissait dormir. Il ne prenait pas même la peine de chasser la fumée de cigarette enveloppant sa face rubiconde penchée vers le néant.

Il releva lentement la tête, elle lui fit un signe de

loin. Il eut un pauvre sourire mais détourna les yeux. Haussant les épaules, elle se dirigea vers l'entrée. Quand elle passa à sa hauteur, il évita son regard. Elle ne s'attarda pas à essayer de deviner pourquoi, elle était juste à l'heure pour prendre son service. Elle poussa la porte et se figea.

— Putain.

Elle comprit instantanément l'attitude fuyante de Johnny. Furieuse, elle fonça vers une porte étroite et maussade qui donnait sur les vestiaires, au fond du bar.

— Dirina !

Le couple se leva précipitamment et la suivit jusque dans la petite pièce aux murs graisseux. Deux armoires métalliques et un banc la meublaient, dans une odeur de friture et de sueur.

— Qu'est-ce que vous foutez là ?

— On était morts d'inquiétude, Dirina.

Albena pleurait doucement, Luan lui serra la main plus fort. Dirina regarda avec une inquiétude mêlée d'agacement leurs vêtements aux tissus trop précieux, qui contrastaient avec la pièce malpropre où ils se tenaient. La robe de sa mère, une soie havane brodée de fines arabesques dorées, et le costume écru de son père risquaient la souillure dans l'atmosphère adipeuse des lieux. Elle prit son visage dans ses mains. Une migraine montait lentement.

Elle avait essayé. L'hiver qui avait suivi sa rencontre avec Enton, elle avait quitté la maison sans se retourner. Elle n'avait pas donné signe de vie pendant plusieurs semaines, cherchant à embrasser tous les possibles que lui avait offerts le sourire candide du jeune homme. Mais cela s'était arrêté à la frontière de son pays, à cette petite ville crasse, à ce troquet minable où elle travaillait six demi-journées par semaine pour payer la chambre sordide que lui louait le patron. Enton avait disparu, et ses paroles avec. Elle avait tenté de sortir ses parents de sa vie mais, à présent qu'ils se tenaient devant elle, plus rien n'était clair et une terrible envie de rentrer à la maison, qu'elle repoussait avec une honte désespérée, croissait en même temps que la migraine.

Luan tenta de l'attirer vers lui, sans lâcher la main de sa femme.

— Laisse-moi. Faut que vous me laissiez maintenant. Je peux pas. Je peux pas.

— Ta fugue…

— C'est pas une fugue, je suis majeure.

— Depuis quelques jours seulement !

— Et alors ? Je fais ce que je veux.

— Mais dis-nous pourquoi, au moins.

— Je peux pas.

Ils savaient, bien sûr. Depuis qu'elle était enfant, les cauchemars. Ils n'en soupçonnaient pas la férocité, bien qu'ils sachent quelle en était la cause. Ils savaient, mais n'avaient jamais réussi à le lui dire.

Luan regarda Albena, qui acquiesça d'un mouvement de paupières. Il demanda à sa fille de s'asseoir. Ils avaient besoin de lui parler. Mais on l'attendait en salle, son patron serait furieux, elle ne pouvait pas. Ils proposèrent de revenir après, quand elle aurait terminé son service, même très tard. Dirina vit alors le visage épuisé de sa mère.

— D'accord. Allez-y.

Ils s'assirent tous les trois sur le banc, Dirina entre ses parents, leurs six mains jointes sur ses genoux. Albena et Luan alors dirent les montagnes, la vieille en fichu noir, les dentelles dans l'ombre, le berceau, les cheveux coupés. Ils dirent l'allée caillouteuse, la fatigue, la peur, et le bonheur dès l'instant où elle avait ouvert les yeux sur eux. Ils dirent combien ce jour avait très vite été effacé de leur esprit, au point qu'ils avaient presque fini par oublier qu'elle n'était pas de leur sang. Seuls ses cauchemars récurrents, ces rêves éveillés qui la terrorisaient depuis l'enfance, le leur rappelaient.

Ils ne savaient presque rien de sa mère biologique, simplement qu'elle était partie sans se retourner sur sa fille et qu'elle semblait encombrée d'un tel poids, chargée d'une malédiction si puissante que la vieille avait décidé d'oublier sa faute, son abandon, et leur avait demandé de faire de même.

Dirina, qui avait gardé les yeux baissés tout au long de la confession de ses parents, à ces derniers mots releva la tête vers eux. Elle venait de prendre une décision qui cette fois n'appartenait qu'à elle.

21

Un jour qu'Adrian était partie très tôt pour un déménagement dans le nord de la ville, une averse la surprit à quelques mètres de l'appartement. Elle s'abrita sous l'auvent d'un immeuble et, attendant l'accalmie, contempla la ville poissée d'eau. Les vendeurs de légumes et de riz, assis sur leurs cagettes, s'étaient eux aussi protégés en catastrophe. Ils avaient d'un geste ample rassemblé leur marchandise et fixaient à présent le ciel, croquant des concombres au sel et échangeant d'incompréhensibles propos qui, pour la plupart, restaient coincés entre leurs dents comme des pépins translucides. Le béton rongé des façades était dilué par la pluie, la rouille coulait en sinuosités maladives jusqu'aux flaques déjà formées dans les terrains vagues qui s'étendaient au-delà de la chaussée. De microscopiques grenouilles faisaient dans l'eau des renflements bruns qui évoquaient une pourriture vivante et tiède, celle des villes qui n'ont pas su trouver leur chemin depuis les faubourgs.

Tout à coup, perçant la conque visqueuse de l'attente, lui parvint un petit bruit sec et répétitif qui l'agaçait déjà depuis quelques minutes sans qu'elle en eût conscience. Adrian tourna la tête et vit, échoué sur un banc, un vieil homme qui ne craignait pas la pluie. Son chapeau gris était trempé de noir, les bords se déformaient et coulaient sur ses épaules couvertes d'un manteau noir de laine piquée. Ses lèvres, sous une moustache à laquelle le tabac avait donné une teinte sableuse, remuaient sans un son tandis que, d'un geste régulier, il cognait sa canne sur le trottoir au goudron défoncé. Nulle colère ne semblait l'animer, juste un vague ennui, peut-être le désir de se convaincre, et de convaincre autrui, qu'il était toujours vivant.

Son visage rappelait à Adrian celui d'un vieux poète qu'admirait Idlir et dont il trimbalait partout un vieux bouquin abîmé. Au dos du livre, une photo représentait le poète, qui pouvait avoir cinquante comme quatre-vingts ans et arborait un sourire exaspérant. Exaspération qui venait surtout de ce que nul ne savait si ce poète était vivant ou mort ; on inclinait vers la seconde option, mais la preuve qu'il était bien décédé n'avait jamais pu être produite.

L'homme, sans cesser de taper et de marmonner, tourna lentement la tête vers Adrian. Au moment où ses yeux la saisirent, il sembla interrompre son grommelot, mais cette suspension fut si ténue qu'elle n'avait peut-être pas vraiment eu lieu. Il la fixait désormais carrément, l'englobant dans sa compulsion comme pour l'y noyer. Dans ses yeux passa une malice qui ficha en elle un malaise subit.

L'averse se calmait. Adrian quitta son abri et remonta la rue vers la gare de bus, se retournant plusieurs fois comme pour vérifier que le vieil homme ne disparaissait pas avec la pluie. Longtemps elle crut entendre derrière elle le tapotement de la canne.

*

Tout au long de la matinée, elle avait aidé un jeune couple à s'installer dans un appartement que leur avait fourni l'État après de longues années d'attente. Ils allaient enfin pouvoir faire un voire plusieurs enfants, et semblaient très excités de commencer leur nouvelle vie. Adrian avait aimé être de ce moment singulier, dans une histoire qui ne la concernait pas. Lorsqu'elle ressortit du bâtiment, le ciel jouait à menacer de crever à nouveau et lâchait quelques gouttes éparses. L'immeuble était situé dans un quartier excentré, juste à la sortie de la ville. C'était tout près de l'endroit où elle était descendue du bus après ses pérégrinations égarées, une dizaine d'années auparavant. Elle prit conscience qu'elle n'était jamais repassée par là, se demanda si une superstition inconsciente l'en avait empêchée ou si, comme c'était vraisemblable, ce quartier n'avait tout simplement rien à offrir – à moins de vouloir se rendre à la station de bus, en partance pour des régions où, pour sa part, plus rien ne l'attirait. Elle n'avait pas d'autre contrat ce jour-là, elle décida d'une promenade.

Elle se mit en tête de retrouver le pont où elle s'était arrêtée le jour de son arrivée. Un passant lui montra la direction du plus ancien pont de la ville. La description correspondait à ses souvenirs. Elle suivit les indications données et aperçut bientôt le petit viaduc. Il s'élevait au bout d'une rue perpendiculaire à l'impasse au fond de laquelle nichait le petit hôtel où elle avait logé un temps, à son arrivée. Elle marchait jusqu'au milieu du pont, quand soudain elle se rendit compte que quelque chose n'allait pas. La sensation des pierres sous ses pieds ne lui rappelait rien. Il n'y avait pas de balustrade, or elle se souvenait très bien s'être longuement accoudée ce jour-là. En outre le pont, très ancien, n'enjambait plus qu'un vague parterre de mauvaises herbes fleuri de déchets et de souvenirs tronqués. Frustrée, honteuse de sa confusion et de son émotion usurpée, elle regarda alentour et chercha la rivière. Elle n'était qu'à quelques mètres, au-delà d'une voie rapide où défilaient les voitures. Par-dessus l'eau, Adrian devina un autre pont qu'elle gagna en courant presque, au risque de se faire renverser.

La passerelle avait été rénovée, la pierre blanchie, la plate-forme recouverte de lattes d'azobé, mais cette fois elle reconnut les lieux sans doute possible. Elle retrouvait, imprégné dans le grain du crépi, son propre portrait rajeuni et perdu, comme les images du passé se fixent dans certains bois très tanniques quand ils sont soumis à l'éclair des orages. Elle avança jusqu'au milieu du pont et, s'accoudant comme la première fois, se pencha vers l'eau. Çà et là, des gouttes de pluie perçaient la nappe verte en surprises concentriques. Adrian était apaisée. Elle songeait à Gisela, à Idlir, à ces rencontres qu'elle enveloppait de la même tendresse reconnaissante. Tout étrange qu'elle fût, cette existence la tenait droite.

Mais les événements de la veille lui revinrent, brûlant au passage le bas de son sternum. Comme presque chaque fois qu'elle travaillait au bar, Idlir était passé la voir en milieu de soirée. Cette fois, il était accompagné. Adrian ne l'avait jamais vu avec une femme. Elle ne lui connaissait que des aventures sporadiques, généralement tarifées. Elle avait fini par comprendre que, derrière ses protestations de liberté, il avait peur. Il lui était plus aisé de se conformer aux attentes codifiées des relations où dominait l'argent, la concrétude de l'échange le dispensant de se confronter aux subtilités de l'affect. Il semblait pourtant prêt à s'y essayer avec cette délicate personne prénommée Helena, très blonde et très pâle, qui n'avait presque pas ouvert la bouche tout le temps qu'ils étaient restés au comptoir. Adrian n'avait fait aucun effort pour lui parler, déstabilisée par ce nouvel équilibre des forces où elle ne savait se placer.

Penchée sur l'eau, elle tentait de fouiller les étages sombres des profondeurs. Elle ne vit rien. Les forêts d'autrefois avaient disparu, laissant place au reflet des immeubles qui s'érigeaient de part et d'autre de la rivière et à des détritus plus nombreux encore que dix ans auparavant. Un chien noir apparut sur la rive, la truffe fouillant les ordures. Il leva la tête et lui lança un regard qui prenait la mesure des choses qui passent. Elle se redressa et quitta le pont. Le ciel se dégageait et de gros nuages blancs délivraient des pans de bleu, éclairant les rues qui peu à peu se remplissaient des travailleurs pressés de déjeuner. Sans bien se figurer où elle était exactement, elle savait qu'elle se rapprochait du centre. Elle commençait à sentir la faim elle aussi. Justement apparurent, quelques dizaines de mètres plus loin, les premières échoppes marquant l'entrée du grand bazar central.

Les bouchers étaient relégués en périphérie du marché, afin d'éviter que les odeurs ne se confinent en son cœur et n'absorbent les passants dans leur mixtion toxique. Plus on s'enfonçait parmi ses ruelles, plus l'atmosphère était dense, les corps se frôlant et la touffeur s'épaississant d'haleines et de fumées. Adrian était encore à bonne distance des étals, mais déjà elle pouvait sentir les fadeurs de la viande crue. De loin, le camaïeu de rouges et de roses avait des tendresses de fillette, mais à mesure qu'elle s'approchait les formes des carcasses se précisaient, les réseaux de veines apparaissaient, dessinant une fresque morbide et puante où s'agitaient des bouchers indifférents. Des filets de sang fondaient en flaques brunes et caillées que venaient lécher des chiens étiques, chassés par les marchands à coups de torchon. Des mouches venaient à la rencontre d'Adrian, qui s'empêcha brièvement de respirer et pénétra dans le lacis des allées.

Elle avançait difficilement, fendait une cohue de bonimenteurs et de clients rivalisant de cris, qui achetant, qui vendant, pains dorés, bijoux ouvragés, fioles diverses, tissus et vêtements bon marché. Son appétit, ajourné par les émanations bouchères, revint d'un seul coup à la vue des belles miches qu'une jeune femme brune remplissait de légumes colorés, d'agneau grillé et de yaourt. Adrian commanda un de ces sandwichs accompagné d'une bière, paya et s'assit à l'une des quelques tables disposées dans la minuscule boutique. La viande était délicieuse, le pain moelleux, elle se détendit à nouveau.

Elle finissait de se lécher les doigts lorsqu'une détonation retentit dans l'allée perpendiculaire à celle où elle se trouvait. Parmi les cris de frayeur, une voix déterminée s'éleva :

— J'ai repris le sang de mon frère.

Adrian se leva. La foule remuait ; venue de toutes parts, une clameur envahissait le dédale et déferlait vers elle, les regards se tournaient vers l'échoppe où elle se tenait et l'enveloppaient comme pour la saisir. Après un moment d'hébétude, elle vit surgir un homme. Il se frayait un chemin parmi les badauds stupéfaits, avançant de plus en plus vite à mesure que la foule s'écartait devant son assurance. Il entra dans la boutique, passa tout près d'Adrian et attrapa la main de la serveuse. Il entraîna la jeune femme dans sa fuite, tous deux bousculèrent la multitude jusqu'à atteindre une allée praticable et gagnèrent en courant la sortie du marché.

Adrian tremblait. Elle entreprit de sortir à son tour du bazar, aussi vite que l'attroupement le lui permettait. Elle ne regarda pas dans la direction du cadavre, mais passa suffisamment près pour en sentir la chaleur, qu'elle reconnut entre toutes. Le passé comprimé remonta en un flux acide et elle dut s'accroupir pour vomir dans le caniveau. Les bras serrés sur son ventre, elle se traîna vers l'arrêt du bus qui la ramènerait chez elle.

22

Dirina remercia l'homme. Elle voulut lui donner quelques pièces, mais il refusa dans une dignité drapée et, d'un coup de fouet, ordonna au mulet de faire demi-tour. Elle regarda la carriole disparaître sur la route et sourit du contraste que sa propre allure citadine faisait avec le véhicule. Aucun fourgon n'avait accepté de l'emmener aussi loin dans les montagnes, et elle avait dû s'accommoder de l'odeur de fumier tout au long de la route, jusqu'à cette allée de terre semée de graviers. Il lui avait fallu attendre le printemps et la fonte des neiges pour que les voies soient de nouveau accessibles, et une boue poisseuse se liguait aux irrégularités du chemin pour entraver sa marche. Ses chevilles se tordaient dans ses chaussures mal adaptées. Après quelques minutes seulement, déjà fourbue du long trajet qu'elle avait effectué parmi les montagnes sous leur écrasante virilité de pierre, Dirina crut se décourager. Mais il lui fallait aller au bout, incertaine de ce qu'elle trouverait, ne sachant même si elle trouverait quelque chose.

Bientôt la maison apparut, juste en lisière de forêt. Au lieu de la bâtisse de pierre qu'elle avait passé les dernières semaines à imaginer, c'était un amas de tôles et de planches à clins mal ajustés, auquel on accédait par une galerie vermoulue. Tout du long s'entassait un fatras de vieux outils, pièces détachées, pots où pourrissaient d'opaques mélanges chimiques ou organiques. Une antenne parabolique entièrement corrodée menaçait de quitter la balustrade de bois et de l'entraîner dans sa chute. Derrière la masure, un cabanon imitait, en plus petit, le délabrement de sa voisine. Des herbes sauvages, où se mêlaient quelques fleurs aux couleurs énergiques, envahissaient l'escalier métallique menant à l'entrée. Devant paressaient une voiture dépourvue de plaque d'immatriculation ainsi qu'une vieille remorque posée sur le flanc, qui semblait attendre depuis toujours d'y être fixée.

Ce n'était pas la description que ses parents lui en avaient faite. Pourtant, l'allée, la forêt à son extrémité, la solitude noueuse des lieux étaient bien les mêmes. Près de vingt ans et le travail de la mémoire, ainsi que ses propres fantasmes, avaient modifié le paysage. Dirina poussa la petite barrière délimitant le terrain et jeta un œil étonné au crâne de bélier qui, posé en plein milieu de la pelouse brûlée, servait de comité d'accueil. L'os et la corne étaient fendus en plusieurs endroits et une demi-douzaine de poules promenaient autour leur indifférence. Dirina monta les petites marches et employa le peu de forces qui lui restaient à cogner contre le montant de bois, dont la peinture verte partait en écailles.

Une fine bande verticale laissant deviner un visage apparut dans l'embrasure de la porte. Dirina découvrit un œil rave, quelques cheveux filasse et la moitié d'un nez criblé. Une voix d'homme mal assurée demanda ce que c'était.

— Je cherche une vieille dame qui vivait ici il y a environ vingt ans.

La porte s'ouvrit davantage. Un homme d'une trentaine d'années, auquel un visage bouffi donnait l'air plus vieux, apparut sur le seuil. Derrière lui, la pièce était trop sombre pour que Dirina pût discerner quoi que ce fût.

— Elle est morte.

— Quand ?

— Il y a une dizaine d'années. Qu'est-ce que vous lui vouliez ?

— Je suis née ici.

— Ça m'étonnerait. Je serais au courant.

— Votre tante avait accueilli une femme le temps qu'elle accouche. C'était ma mère. Je voudrais voir la maison. S'il vous plaît.

L'homme hésita, puis dans un soupir s'écarta.

— Entrez.

Une odeur de poil humide et de pétrole opprimait l'atmosphère, et le peu de jour qui parvenait à traverser les fenêtres graisseuses accentuait les contours grisâtres des pauvres meubles, du canapé avachi, du comptoir en Formica, de la table de bois griffée par la lame des couteaux qu'on avait pris l'habitude d'y planter après usage. Dirina s'approcha du meuble et manqua trébucher ; un gros chien beige était sorti de sous la table et frottait son museau puant contre sa cuisse. Elle le repoussa du genou, il regagna le fond de la pièce en gémissant.

— Je me souviens de cette histoire. La femme s'était enfuie à la seconde où elle avait accouché.

— Pourquoi ?

— Ce que j'en sais. La vieille, c'était la tante de mon père. Je l'ai peu connue, on vivait en ville à l'époque.

L'homme servit à Dirina un liquide brûlant et noir dans une tasse ébréchée. Elle remercia dans un murmure.

— La maison était comme ça ?

— Non, j'ai tout refait quand j'ai hérité du terrain. La baraque tombait en ruine. J'ai vendu les pierres et tout reconstruit moi-même, bois et métal. Un sacré boulot.

Incrédule, Dirina regarda autour d'elle. Tout était de guingois, sale et échoué. Ce n'était pas entre ces murs mal refaits, dans ce passé effacé sous des couches de crasse, qu'elle obtiendrait des réponses.

Elle but son café trop chaud aussi vite que possible, par minuscules aspirations, tandis que l'homme parlait des travaux qu'il avait faits, de la vie dans ses montagnes. Elle se rendit compte qu'elle ne l'écoutait pas, qu'elle voulait seulement partir de là, retrouver ce qu'elle connaissait, fuir ce passé qui ne la concernait pas. Les fiertés grotesques de cet homme lui étaient absolument indifférentes. Elle se leva pour prendre congé.

— Attendez, vous partez déjà ? Vous n'avez rien vu.

— Si, si, je crois que j'ai vu tout ce qu'il y avait à voir.

— J'ai gardé des choses qui appartenaient à ma grand-tante. Peut-être que vous y trouverez quelque chose qui vous intéressera.

L'homme lui parut d'un coup moins stupide. Son regard s'était détourné de sa propre vanité et il la fixait droit dans les yeux. Il lissa ses cheveux gras en arrière et l'invita à monter à l'échelle qui menait à une petite mezzanine.

La chaleur débutante de mai s'était emmagasinée dans cet espace confiné où elle pouvait à peine se tenir debout. Elle se mit à genoux, ramassant son courage dans la poussière collante. Un fourbi de tissus crasseux, de morceaux de métal et de bois, d'objets obsolètes ou, au contraire, trop modernes pour ce contexte de montagnes terribles, comme si l'homme n'avait pu se débarrasser de morceaux dérisoires liés à son passé citadin. Ce qui étonna surtout la jeune fille était la quantité de livres, tous plus ou moins abîmés, qui reposaient dans cet improbable grenier. En piles inégales, parfois déchirés, souvent cornés ou dépouillés de leur couverture, leur odeur de papier moisi couvrait presque le fumet abominable qui remontait depuis la pièce où l'homme s'était affalé devant un téléviseur anachronique.

Elle fouillait sans conviction, feuilletant un livre ici, déplaçant là un monceau embrouillé de matières. Soudain ses yeux tombèrent sur une forme qui éveilla son attention. Une colombe blanche ornait un morceau de bois, qu'elle entreprit de dégager de sous le fatras où il était coincé. C'était, en relativement bon état, un berceau d'enfant comme il n'en existait plus que dans les montagnes ou les brocantes. Sous la colombe, une date était gravée en lettres jaunes. Dans le couffin, un tas de chiffons sales, sur lesquels était posée une petite pochette tissée à la main. Dirina l'ouvrit délicatement. Quelques mèches de cheveux s'en échappèrent.

Haussant la voix pour couvrir le bruit du téléviseur, elle demanda à l'homme à quoi correspondait la date sur le berceau.

— Je crois que c'est la date de naissance du cousin de mon père. Il est mort en bas âge, et la vieille ne s'en est pas remise.

— Et ça, ce sont ses cheveux ?

Elle redescendait l'échelle et lui tendait la pochette de tissu.

— Ça m'étonnerait qu'il ait eu le temps d'en avoir autant.

— Je peux les garder ?

L'homme la regarda bizarrement. Il proposa de l'accompagner, ce n'était pas la peine. Lorsqu'il referma la porte derrière elle, Dirina s'arrêta un instant sur le seuil pour contempler les montagnes qui ne lui faisaient plus aussi peur. Les clameurs s'éloignaient. Elle reprit l'allée de graviers, serrant le petit étui au fond de sa poche.

23

Mario détestait attendre. Et Gisela était en retard. Elle attrapa ses clés, lança un baiser vers Adrian et dévala l'escalier sans prendre le temps de fermer derrière elle. Elle arriva au bar essoufflée et transie, ayant dans sa hâte oublié de prendre une veste adaptée à l'hiver approchant. Elle vit aussitôt que Mario était furieux. Lorsqu'elle passa près de lui pour rejoindre les vestiaires, il leva la main comme pour la frapper. Les fulgurances dans les yeux verts de Gisela arrêtèrent son geste, mais elle vit clairement la main de l'homme redescendre et se poser avec lenteur sur la masse lustrée de la crosse qui dépassait de sa ceinture.

*

Adrian dans un sourire repoussa la porte, après avoir écouté le pas de son amie s'éteindre vers le rez-de-chaussée. Elle revint dans la cuisine et se servit une dernière tasse de thé tiède. Elle devait se préparer elle aussi. Idlir avait enfin décidé de rendre public son poème. À cet effet, il avait invité une douzaine d'amis à venir l'écouter dans son appartement. Adrian ne s'était rendue que rarement chez lui, mais chaque fois elle avait été frappée par la propreté des lieux, par l'abondance de livres et surtout par l'absence de meubles et de toute tentative de décoration, qui contrastait avec le soin qu'y apportait Gisela et la tendance à l'accumulation d'objets dont cette dernière était affligée. À cette évocation tendre, Adrian eut un nouveau sourire. Elle finit son thé et s'habilla pour sortir.

*

Gisela termina de se maquiller et revêtit sa sempiternelle robe verte, dont l'étoffe collante et moirée lui répugnait à présent tout à fait. La colère de Mario l'avait perturbée et ses gestes tremblaient, sa gorge était sèche, une brûlure au centre de son abdomen lui confirmait qu'elle avait pris la bonne décision. Ce soir était le dernier, elle avait cédé à l'insistance d'Adrian. Elle l'avait annoncé la veille à Mario. Celui-ci, accueillant la nouvelle avec froideur, lui avait demandé de faire ce dernier soir pour lui laisser le temps de trouver une remplaçante. Elle s'en tirait plutôt bien, dit-elle à son reflet gansé de vert.

*

Adrian frissonna en passant le porche. Une atmosphère d'hiver précoce recouvrait la nuit d'un givre subtil, et soudain elle se sentit un peu triste. Elle congédia l'impression en se passant la main dans les cheveux et enfonça ses poings dans les poches de sa veste. Idlir habitait à une vingtaine de minutes à pied, elle préférait marcher malgré le froid que de prendre le bus. Elle croisait peu de monde, surtout des voitures qui roulaient à une vitesse effarante, et dans la lumière jaune des réverbères trouvait presque une beauté aux bâtiments sinistres. Les lignes de pierre, se découpant en géométries austères sur la nuit, l'impressionnaient comme jamais. Elle accéléra le pas.

*

Il fallait y aller. Chaque soir le moment de quitter le vestiaire lui semblait plus difficile que la veille, et elle avait beau se répéter que c'était fini, qu'elle n'aurait plus jamais à vivre cela, elle se sentait encore moins de forces que d'habitude. Un dernier regard dans la glace, pour faire fondre sa peur dans la conviction qu'elle avait de sa propre sauvagerie et du pouvoir de sa beauté. Elle expira longuement pour se donner du courage puis, d'une secousse de sa virulente chevelure, poussa la porte et entra dans l'uniforme de ses nuits.

*

Elle n'avait pas parlé à Gisela de cette soirée. Depuis quelque temps, celle-ci se montrait irritable chaque fois qu'elle prononçait le nom d'Idlir. Adrian attribuait commodément l'exaspération de son amie à une possessivité excessive. Ce soir-là, elle avait été un peu lâche. Elle n'avait pas trouvé les mots pour lui dire qu'elle irait écouter le poème du jeune homme. Mais elle serait rentrée bien avant Gisela, et mieux valait une petite omission que la perspective d'une nouvelle dispute. Elle se demanda si la jeune amie d'Idlir, cette Helena aux attaches fines et aux lèvres scellées, serait présente. Il ne lui parlait pas d'elle et n'était jamais revenu au bar en sa compagnie, mais elle était convaincue qu'ils continuaient à se fréquenter. Elle s'efforça de penser à autre chose.

*

Trois hommes étaient accoudés au bar, dont deux étaient déjà en conversation avec les collègues de Gisela. Elle eut un soupir de soulagement. Celui qui restait n'avait pas l'air trop repoussant. La petite quarantaine, les cheveux très courts et la barbe taillée en un collier bien net, les vêtements élégants. Elle se redressa et avança avec assurance en direction de l'homme qui, lentement, tournait déjà la tête vers elle, convoqué par le claquement net de ses talons aiguilles.

*

Adrian arrivait au pied de l'immeuble d'Idlir quand des éclats de voix l'arrêtèrent. À quelques mètres, deux hommes s'interpellaient avec agressivité, tandis qu'un troisième tâchait de les calmer. L'un des deux leva le poing et d'un coup puissant envoya l'autre au sol, avant de partir en courant. Le troisième, éperdu, s'agenouilla près de son ami. Adrian s'approcha et proposa d'appeler la police, mais l'homme, visiblement paniqué, la supplia de ne pas s'en mêler. Troublée, Adrian fit demi-tour et, après avoir tapé le code, poussa la lourde porte de l'immeuble. Dans l'ascenseur, son malaise persista. La brutalité de la ville la renvoyait à celle, moins anonyme mais tout aussi absurde, du monde dont elle venait. Elle tenta de se concentrer sur la soirée à venir, et le visage enthousiaste qu'il lui fallait offrir à Idlir. C'était un grand moment pour lui. Il devait se sentir très anxieux, et elle venait pour le soutenir, pas pour ajouter à son désarroi.

*

Il la faisait rire. Il n'était pas rare que Gisela fût touchée par l'un de ses clients, beaucoup plus en revanche qu'elle leur trouvât du charme. Or c'était le cas de celui-ci. Une fossette creusait sa joue et son regard l'attrapait avec fermeté, lui donnant le sentiment d'une importance qui allait au-delà du négoce tarifé. Moins professionnelle, elle eût été troublée. Elle lui fut reconnaissante d'être là, justement ce soir où elle n'aurait pas supporté d'aller avec un porc comme il en venait souvent dans ce lieu minable. Un soulagement immense l'envahit à l'idée qu'elle n'aurait plus à en arpenter le carrelage immonde, à s'accouder à ce comptoir collant, à subir les outrages permanents qui, à présent qu'elle les quittait, lui apparaissaient dans toute leur horreur.

*

Idlir l'accueillit chaleureusement. On n'attendait plus qu'elle. Afin que tout le monde pût s'asseoir, le jeune poète avait lié des piles de livres à l'aide de ceintures, moins soucieux du confort de ses hôtes que d'être cohérent avec le propos de la soirée. C'étaient, de toute façon, les seuls sièges dont il disposât. Après lui avoir mis d'autorité un verre dans la main, Idlir indiqua sa place à Adrian. Elle alla s'asseoir dans un silence recueilli et vit tout de suite qu'Helena ne faisait pas partie des convives. Elle en fut soulagée, et s'en voulut aussitôt de l'être. Les sentiments paradoxaux qui l'agitaient, mêlés à la fébrilité qu'avait suscitée la scène violente à laquelle elle venait d'assister, se muaient en irritation. Au moins, pour une fois, elle ne songeait pas aux regards qui se posaient sur elle. Elle évitait d'ordinaire de tels rassemblements, limitant les risques que fût découverte sa vérité. Idlir était sa seule entorse à la règle stricte qu'elle s'était fixée. Alors qu'avec lui Adrian se sentait homme ou, plutôt, ne songeait pas à son sexe, la présence d'inconnus rameutait les embarras et les craintes de son adolescence controuvée. Mais sur l'insistance de son ami, elle avait accepté.

*

Ils prirent leur temps. L'homme commanda une bouteille de champagne, à l'apparente satisfaction de Mario qui, planté derrière le bar, les bras croisés sur sa bedaine, observait leur échange du coin de l'œil. Ils burent, discutèrent, rirent. Le patron les vit finir la bouteille, l'homme en versa la dernière goutte dans la paume de Gisela, replia sa main et embrassa ses doigts. Puis, dans un ralenti ils se levèrent et se dirigèrent, un peu ivres, vers l'une des chambres. Gisela ouvrit la porte et, une main de l'homme doucement posée sur sa hanche, entra.

*

Il commença par remercier ses invités pour leur présence et leur indulgence anticipée, avant de s'éclaircir la voix et d'annoncer le titre. Adrian avala une gorgée de ce qui se révéla être un mélange très fort et très épicé de fruits et d'alcool. Elle s'apaisait et observait à présent avec bienveillance son ami au bassin de femme et au buste découplé. Mal à l'aise dans son rôle de récitant, ce dernier se tenait au milieu de la pièce avec balourdise, accroché au poème qui tremblait dans ses mains. Un silence attentif, à peine vrillé par les bruits du dehors, accueillit les premiers vers.

*

Il verrouilla la porte. Elle eut un petit rire et lui fit remarquer que c'était contre le règlement. « J'aime poser mes propres règles. » Elle rit de nouveau mais saisit dans les pupilles profondes de l'homme que quelque chose était en train de changer. Elle se sentit tout à coup très à l'étroit dans sa robe. L'effet du champagne, de subtilement grisant, se changeait en un goût saumâtre sur sa langue et un début de migraine. La brûlure qui l'avait harcelée toute la journée reflua instantanément au centre de sa poitrine. L'homme s'avança et lui mit une gifle qui l'envoya au sol. Sa tête cogna contre la table de chevet et elle s'évanouit aussitôt.

*

Les mots lui parvenaient de plus en plus fluides, et Adrian, qui avait craint de ne rien ressentir, de ne pas comprendre, éprouvait une exaltation neuve à écouter ces alexandrins parfois malhabiles, toujours lyriques, mais d'une sincérité telle qu'ils ne pouvaient pas ne pas atteindre leur but. Idlir avait une voix profonde malgré sa timidité, et le charme de son anxiété colorait ses candides inflexions. Dans les yeux d'Adrian, l'iris se brouilla d'un voile tiède. Elle avait fini son verre, et une chaleur bienheureuse la portait sur les crêtes des phrases, qu'elle absorbait avec une attention jouisseuse, un plaisir brut qui l'étonnait. Elle trouvait à Idlir une beauté grandissante à mesure qu'il prenait de l'assurance et qu'il donnait à son œuvre, plein de foi en sa propre passion, une résonance plus puissante.

*

La douleur la réveilla. Les mains attachées au montant du lit, les pieds immobilisés et les jambes écartées, elle sentait qu'un liquide avait coulé sur sa tempe et y craquelait en pulsations lancinantes. Sa robe avait été découpée soigneusement en son milieu et les deux pans soyeux s'ouvraient sur ses flancs. Un éclair blanc passa devant ses yeux. Elle perçut le froid sur sa peau, l'odeur sucrée de l'homme, ses paumes suintantes. Un bâillon étouffa son cri.

*

Ils applaudirent longtemps. Idlir, heureux et confus, invita chacun à se servir à boire et à profiter du buffet qu'il avait préparé. Il s'aperçut qu'Adrian le regardait et se dirigea vers elle.

— Alors, ça t'a plu ?

Elle lui donna l'accolade et tous deux s'émurent.

— Tu restes boire un verre ?

Adrian accepta et, tandis qu'Idlir la resservait, elle regardait ses mains brunes, solides, s'attendrissait de les imaginer coucher des mots si frêles sur la page. Lorsqu'il releva les yeux vers elle, elle se sentit rougir et s'excusa pour aller aux toilettes. Quand elle revint, il était occupé avec un couple d'amis et elle n'osa pas les rejoindre. Elle resta près de la table où s'amoncelait une quantité démesurée de nourriture et écouta les conversations autour d'elle. Personne ne parlait du poème, on commentait les plats ou les dernières nouvelles. Elle vida son verre d'un trait, furieuse de constater que nul n'avait pris la mesure du talent de son ami, de sa grâce. Elle se dirigea vers le saladier où macérait le mélange alcoolisé.

*

L'homme ferma la porte doucement et rajusta sa cravate. La salle était vide, à l'exception de Mario. Le regard sombre de ce dernier brilla au passage de l'homme, qui attrapa l'enveloppe épaisse posée sur le comptoir avant de quitter le bar d'un pas tranquille, un léger sourire de contentement au coin des lèvres. Dès qu'il fut parti, Mario verrouilla l'entrée et fit descendre le rideau de fer. Les néons mauves de l'enseigne cessèrent de clignoter et s'éteignirent dans un grésillement.

*

Elle marchait vite, les poings enfoncés dans ses poches, le froid la heurtait en vain tant sa peau brûlait de honte. Il était tard, très tard, Gisela serait furieuse. Et à raison. Elle ne comprenait pas ce qui s'était passé, comment elle avait pu boire à ce point. Elle était restée sans savoir pourquoi et quand elle avait compris pourquoi il était trop tard, tous les invités étaient partis et elle était restée encore, elle avait écouté Idlir lui redire des passages de son poème, ses yeux avaient versé des larmes d'alcool et de tendresse et de manque et d'incompréhension, et sa main s'était posée sur celle d'Idlir. Celui-ci avait basculé d'un coup dans l'effroi, il s'était levé, incrédule, l'avait regardée avec tellement d'horreur qu'elle était partie sans rien pouvoir dire, elle avait attrapé son manteau et quitté les lieux.

La honte se mêlait à la crainte de la colère de Gisela, mais aussi au désir de retrouver ses bras, de s'y enfouir afin de mettre un voile sur cette soirée, de nier même que cela ait pu avoir lieu.

Elle arrivait dans sa rue, quand elle vit de loin qu'une ombre patientait devant son porche. Elle crut d'abord que c'était Gisela, mais en s'approchant reconnut Desara, une de ses collègues du bar. Les yeux de la jeune femme, qui frissonnait dans un manteau de fausse fourrure, étaient brûlants de rouge et de rimmel fondu.

Le cœur d'Adrian s'arrêta.

IV

Whether, then, Orlando was most man or woman, it is difficult to say and cannot now be decided. For her coach was now rattling on the cobbles.

Virginia Woolf, *Orlando*

24

Elle arriva un jour de novembre, peu après l'aube. La première maison qui lui inspira confiance, crépie d'une douce teinte saumon, se tenait bien droite à l'entrée du village, lumineuse dans la pénombre matinale. Elle poussa la barrière et traversa le petit jardin jusqu'à la porte, frappa. Une silhouette s'encadra dans le contre-jour. Adrian prononça les mots devenus réflexes :

— Bonjour. Pardonnez-moi de vous déranger de si bon matin, je cherche la maison du chef de village.

La silhouette entra dans la lumière et devint palpable. Malgré les vêtements d'homme, les cheveux courts et la carrure plutôt massive, Adrian reconnut la femme. Elle sut immédiatement qu'elles appartenaient au même étrange contingent de celles qui, pour une raison ou une autre, endossent le statut d'homme et renoncent aux rares privilèges des femmes.

Elle lut aussi l'inquiétude et la tendresse sous les dehors bourrus de la vierge. Tout en suivant la direction indiquée, Adrian se demandait à quel âge celle-ci était devenue homme, s'il s'agissait d'une vengeance, d'un choix personnel ou de la nécessité, comme dans son propre cas, de perpétuer le sang un peu plus longtemps, même dilué dans le lait féminin. La conviction naissait que quelque chose ici pouvait l'arrêter. Cela ne lui était jamais arrivé depuis qu'elle avait quitté la ville, fuyant les souvenirs, la culpabilité et la honte après la mort de Gisela. La peur aussi, qui avait duré jusqu'à ce qu'elle apprenne que Mario, à son tour, avait été abattu par un membre d'une famille rivale. Une vendetta qui avait déjà décimé plusieurs générations et semblait ne jamais vouloir finir, lui avait rapporté Desara. Adrian releva avec amertume l'ironie de cette reprise de sang à laquelle, ne pouvait-elle s'empêcher de penser, elle aurait dû prendre part.

Elle n'avait pas su venger la mort de sa femme, et dans son esprit les codes se brouillaient, une torturante confusion de devoirs et de craintes l'agitait au point qu'elle avait dû partir, de nouveau, malgré son attachement à la ville où elle avait trouvé une part d'elle-même ; de nouveau, il avait fallu marcher de village en village pendant des mois, plus de quinze ans après sa première errance. Insensiblement, elle était remontée vers le nord, acceptant que les réponses étaient peut-être venues trop vite pour être les bonnes. Elle était à quelques kilomètres de son lieu de naissance, mais dans ce pays de détours, de gouffres et de murailles invisibles, ces distances n'avaient aucun sens. Elle n'avait plus assez peur pour fuir ses origines, et aucune raison de les retrouver. L'hiver revenait, l'épuisement la gagnait, et elle commençait à désespérer de jamais trouver un lieu où se reposer, quand elle était arrivée dans ce village où, pour la première fois depuis des mois, une impression familière, rassurante, l'avait accueillie.

Elle arrivait devant la porte indiquée lorsqu'une fillette jaillie de nulle part manqua la bousculer. Elle se retourna et fut saisie par la prunelle brûlante de la gamine. Celle-ci la fixa pendant quelques secondes ; ses sourcils épais encadraient un signe peint en rouge, qui sembla clignoter quand la petite repartit en courant. Adrian suivit du regard la courte jupe qui semait des fleurs dans l'air glacé et disparut comme elle était venue derrière une maison. Dans un frisson, vaguement troublée par cette rencontre furtive, elle frappa à la porte du chef de village et se présenta, offrant ses bras en échange du gîte et du couvert pendant quelques jours.

Sa qualité d'hôte lui conférait d'après le coutumier un statut privilégié, mais elle fut frappée par l'enthousiasme d'Emni. Celui-ci semblait désireux d'inspirer chez son hôte l'envie de rester plus longtemps que nécessaire et multipliait les attentions à son endroit. Ils devisèrent un long moment autour d'un café, avec un naturel qui les étonnait tous deux. Lule elle-même s'ébahissait en silence de l'animation que cet inconnu provoquait chez son mari. Bien vite, ce dernier invita sans cérémonie Adrian à partager leur repas de midi.

Lule se précipita en cuisine pour préparer de quoi faire honneur à cet événement d'exception. Après le déjeuner, reposant sa serviette et se carrant dans son fauteuil, le chef annonça que sa décision était prise : le soir même aurait lieu une réunion de tous les habitants pour souhaiter la bienvenue à Adrian et convenir des détails de son installation. Adrian fut tentée d'objecter que son intention n'était que de se reposer quelques jours avant de se remettre en route et que tant d'agitation lui paraissait imméritée, mais son instinct résista avec vigueur.

L'après-midi fut consacré aux préparatifs de la réunion du soir. Adrian faisait de son mieux pour y participer, malgré l'insistance de la famille d'Emni pour qu'elle profite de sa position d'hôte et se repose. Les villageois arrivèrent aux alentours de six heures, la nuit était tombée depuis un moment. Adrian se demandait pourquoi son ventre se contractait chaque fois que l'on cognait à la porte. Ce ne fut que quand tout le monde, apparemment, fut là qu'elle comprit. Elle n'avait cessé d'attendre cette femme en vêtements d'homme à laquelle elle s'était adressée en arrivant au petit matin. Elle n'osa demander à Emni la raison de son absence, surtout parce qu'elle hésitait sur la manière dont elle devait faire référence à cette femme. Elle savait qu'il pouvait être inconvenant de désigner comme telle une vierge ayant prononcé son serment, et pourtant elle ne parvenait pas à penser à elle au masculin. Bientôt installée dans un fauteuil au centre de la pièce et de tous les regards, elle ne put que ravaler ses interrogations.

Emni avait commencé à demander le silence lorsqu'on entendit frapper. La femme du chef s'éclipsa et revint aussitôt, suivie de celle qu'Adrian espérait depuis plusieurs heures. Elle ne put empêcher ses yeux de la fixer, bien que tout son corps fût concentré sur la nécessité de rester à sa place, hôte d'honneur parmi les convives, et de suivre le discours d'Emni. Lorsque, celui-ci achevé, elles furent présentées l'une à l'autre, Adrian sentit qu'elle mettait dans sa poignée de main une intensité peu appropriée.

*

Le lendemain, elle se leva en sachant quelle direction devait prendre sa journée. Elle déjeuna sommairement au café du village et se rendit aussitôt chez Manushe. Elle la vit de loin, affairée dans son jardinet. Sa silhouette lui apparut comme une image déjà intime, et le plaisir qu'elle en ressentit était une insupportable impatience. La femme œuvrait à déneiger l'allée et jouissait manifestement de sa force. Arrivant à sa hauteur, Adrian lui proposa son aide. La femme se redressa et accepta comme une évidence, dans un beau sourire éclairé par la neige. Elle posa sa pelle et lui ouvrit la petite barrière.

Avant de commencer, Manushe offrit une cigarette à Adrian. Devant son refus, elle rangea la sienne, geste dans lequel Adrian lut les prémices d'une reddition joyeuse. Elles se mirent à l'ouvrage. Tandis qu'elles s'activaient, Adrian observait le profil émouvant de Manushe dans l'effort. Elle lui trouvait une beauté comme préservée dans la glace, une beauté qui n'avait jamais eu à se mettre à l'épreuve et qui semblait n'attendre que leur rencontre pour s'épanouir. La solidité tendre de ses traits fit passer dans l'esprit d'Adrian l'image de Gisela. Pour la première fois depuis sa mort, les griffes se desserrèrent et, sous leur étreinte affaiblie, poignit une nostalgie douce. Adrian planta sa pelle dans la neige avec ardeur.

25

Les lèvres d'Adrian bougeaient et Manushe se perdait dans le remuement humide de la langue, dans les syllabes luisantes, les fragments de lumière ricochant sur la cavité fraise, la chair fine, un peu gercée, empourprée de baisers, les mèches brunes et courtes. Elle s'égarait sur la peau ténue de cette femme qu'elle continuait au fond de percevoir comme un homme, comme son maître, celui ou celle qui la tenait sous l'efficace domination du désir. Sous ce joug se réveilla soudain un instinct oublié, celui de la très jeune fille qui avait dit non et enduit son visage d'un masque caprin. Elle se mit brusquement à détester Adrian. Elle aurait voulu griffer ces joues, frapper cette poitrine maigre, déchirer ce sexe qu'elle venait de découvrir, un sexe identique au sien mais doué d'une force virile qui l'en séparait entièrement. Elle aurait voulu détruire Adrian, la réduire en charpie, la briser comme un songe insoutenable. Mais plus elle voulait la démolir, plus elle avait envie d'elle. Ses mains, sa bouche ne pouvaient se retenir, désireuses d'absorber ce corps si semblable et si différent. Adrian cessa de parler sous les assauts de Manushe et fut prompte à gémir.

Le soir tombait, jeune, sur les deux chairs indécises dans le grisaillement du crépuscule. Elles s'étaient tues. Adrian ronflait doucement dans le dos de Manushe, qui pour rien au monde n'aurait bougé malgré le souffle frais qui lui taquinait la nuque. Au plaisir se mêlaient la peur de la perte, la tristesse liée au récit d'Adrian, une immense fatigue surtout, et ses émotions multiples se muaient en un renoncement à les démêler toutes et à déterminer comment agir.

On frappa à la porte. Un pressentiment la raidit, faisant grogner Adrian qui se rencogna dans les couvertures. Manushe, le cœur immobile et les entrailles saisies, quitta le lit, attrapa ses vêtements et passa dans la cuisine en fermant derrière elle avec précaution. Elle s'habilla rapidement en lançant un «J'arrive» à cela qui l'attendait, par-delà le seuil de leur refuge.

Elle ouvrit sur le visage fermé d'Emni. La faible lumière du jour déclinant soulignait les creux de sa figure, qui semblait avoir vieilli d'un coup. Ses yeux étaient rougis, des cernes accusaient une rage et une déception folles, la colère de qui se sent trahi. Nulle trace ne subsistait de l'homme affable et juste qui gouvernait leur communauté. Quelques pas en arrière de lui se tenaient le médecin et sa femme, le propriétaire du café, la boulangère, et Manushe ouvrant peu à peu son champ de vision découvrit que la presque totalité des membres du village étaient là, envahissant de leurs allures sinistres le jardinet, la cour, la rue. Il y avait Gjorg le bûcheron, Hidrina avec ses quatre enfants, Naresin le boucher, son frère Erzan, Vlastar... et même Dushkan, le fils de Parush, ivrogne au rictus saturé d'arrogance crasse. Manushe défaillit.

— Nous avons à te parler. Laisse-moi entrer, Manushe.

— Ce n'est pas le moment, bredouilla-t-elle, paniquée.

— Je ne te laisse pas le choix.

Emni l'écarta fermement et se dirigea d'un pas résolu vers la chambre, suivi de près par le médecin, un autre homme, encore un autre.

Le silence se fit en Manushe. Elle n'entendit plus un mot de ce qui se dit quand la porte de sa chambre fut ouverte, quand en ressortirent les hommes traînant Adrian dans la cuisine, nue et pâle, quand la lumière crayeuse de ses membres vint affronter le soir tombé et l'humidité froide de l'air, l'animosité ténébreuse des villageois, quand des mains se levèrent, quand les poitrines expulsèrent leur râle de fumée blanche, quand la flaque de lait que faisait le corps d'Adrian sur la chaussée se teinta de rouge, de bleu, quand la flaque disparut, comme éteinte, à la vue de Manushe, dérobée par la masse qui la réduisait au néant.

Le silence en Manushe dura jusqu'à ce que tous aient quitté les lieux, emportant le corps inerte d'Adrian. Il dura tandis qu'elle glissait très loin au fond d'elle-même et restait, prostrée, sur le sol froid.

Un long moment après, alors que la nuit était tombée, pleine, collante, le bruit revint. Il y eut un grésillement et le bruit revint, intolérable, comme si tous les sons qu'elle n'avait pas perçus pendant cette abolition temporaire de son ouïe revenaient en même temps, d'un seul coup, superposés les uns aux autres, atroces. Elle se jeta sur la porte qu'elle claqua et verrouilla pour laisser le bruit au-dehors, se précipita dans la chambre. Les vêtements d'Adrian étaient là, chiffonnés au pied du lit, relique sombre et pelucheuse de laines mêlées, de toile rugueuse et dérisoire.

Elle les ramassa et les plia avec soin. Puis elle revint dans la cuisine et chercha les lourds souliers d'Adrian. L'un avait roulé sous le buffet, projeté au moment de l'invasion. Elle passa les semelles sous l'eau pour en ôter la boue, frotta la toile avec une petite brosse, les essuya avant de les poser, lacets rentrés dans la gaine du pied, sur la pile – pantalon, caleçon, chemise, pull, veste de laine noire, chaussettes formées en une boule – qu'elle remit sur la table avec l'attention que requérait le maintien de l'équilibre des strates. Ses gestes étaient précis en dépit de l'urgence. Dans sa détresse sourde, elle gardait conscience de la signification de tout ceci. Quand les habitants en auraient terminé avec Adrian, c'est à elle qu'ils s'en prendraient. Elle se moquait de son sort, sans Adrian rien n'avait plus lieu d'être. Mais elle voulait avoir le temps de se livrer à un dernier rituel.

Elle se saisit, sous l'évier, d'un sac en plastique – le crissement faillit l'anéantir –, sépara les deux poignées et imprima à l'objet un mouvement sec de haut en bas pour l'ouvrir. Elle tenait les vêtements d'une main, gardant de l'autre le sac ouvert par une légère inclinaison, mais déjà il reprenait sa liberté, elle se hâta de faire entrer la pile, noua les poignées l'une avec l'autre, deux fois, en exerçant une pression sur le sac afin d'en expulser l'air. Puis elle enfila sa veste, ses chaussures, déverrouilla sans bruit et sortit. Dès le seuil la noirceur l'enveloppa, qu'aucun son ne perçait. Un silence de désastre succédait aux fureurs. Personne n'avait fait attention à elle. Une fois leur proie enlevée ils avaient disparu, la laissant gésir au fond du précipice de catastrophe où elle avait basculé. À présent où étaient-ils, dormaient-ils, reviendraient-ils au matin pour la punir elle aussi, qu'avaient-ils fait du corps d'Adrian, ces questions la traversaient sans qu'elle s'y arrête. Plus rien ne la portait que le vide et la volonté de faire la seule chose qui lui semblât désormais avoir un sens.

Très lentement, elle referma la porte sur leur amour avorté. Ses semelles grincèrent dans la neige qui, de nouveau, avait tout recouvert. Une fois dans la voiture, elle resta quelques instants la main sur la clé enfoncée dans le contact. Elle revoyait le corps blanc, sans vie, maltraité, désarticulé par la honte. Ils l'avaient emmenée. Ils l'avaient tuée. Ils l'avaient anéantie au moment même où elles se rencontraient. Manushe avait tout perdu, ou plutôt elle avait été expulsée d'elle-même, et se trouvait désormais encombrée d'une insupportable béance.

Elle tourna la clé et démarra, prit la direction

qu'elles avaient si souvent empruntée, la route du lac au bord duquel elles aimaient s'asseoir pour contempler l'hostilité raffinée de la nature. Après avoir roulé une demi-heure, elle s'arrêta non loin de l'étendue compacte. Elle coupa le moteur et, immobile, se perdit dans le sombre. Seule sa respiration témoignait de sa présence dans l'habitacle. La nuit coula en elle.

*

Lorsque le soleil commença de poindre, fardant d'un rose émétique l'arrière-plan des sommets, elle sortit de la camionnette, le sac plastique à la main. Elle marcha jusqu'au bord de l'eau, puis ouvrit le sac et en sortit les vêtements avec précaution. Elle étala lentement la veste au sol, bras en croix, puis y glissa les manches du pull et de la chemise qu'elle avait enfilés l'un sur l'autre. Elle arrangea au-dessous le pantalon, dans lequel s'ajustait le caleçon de coton, et enfin les chaussures et les chaussettes, celles-ci déroulées et méticuleusement repassées du plat de la main.

Elle se déshabilla et entreprit de former avec ses propres vêtements un autre mannequin de tissus vides auprès du premier. Elle sortit de sa poche la bande râpeuse et jaunie qu'elle n'avait pas pris le temps, en quittant les lieux, de remettre autour de sa poitrine. Elle la noua autour des manches de chemise pour lier l'un à l'autre les deux êtres de chiffon. Manushe ne frissonnait pas. Elle brûlait, nue sous les montagnes, contemplant les simulacres de corps étendus là. Elle ne songeait à rien, hébétée dans le vide des étoffes qui ne réchauffaient plus personne.

Elle fit un pas pour mieux voir son œuvre, puis un deuxième, entra dans l'eau à reculons, ne quittant pas des yeux les poupées immobiles qui, à mesure qu'elle suivait la déclivité du lac, se tassaient pour finalement se réduire à un aplat textile, affleurant à peine la surface du sol. Elle avait de l'eau jusqu'aux épaules. Elle bascula en arrière.

26

Adrian se réveilla dans le noir.

Tous ses membres lui faisaient mal et elle grelottait. L'humidité perspirait des murs de pierre brute, qui s'effritaient sous ses doigts. Elle était toujours nue et eut du mal à se mettre debout. Son corps n'était qu'ecchymoses. Elle tenta de mesurer l'espace qui l'entourait, commença de suivre le mur, arriva à un angle, puis à un autre, avant de sentir le vide. Elle faillit tomber, se pencha, comprit qu'elle était face à un escalier également en pierre. Elle monta à quatre pattes, s'écorchant les genoux un peu plus, s'appuyant d'une main et de l'autre tâtant le vide devant elle.

Après une quinzaine de marches, ses doigts heurtèrent une cloison de bois. Elle trouva la poignée qu'elle agita en vain, cogna contre le bois, à peine. Après quelques secondes un bruit, une clé qui joue dans la serrure et la porte qui s'ouvre avec prudence. Un filet de lumière vint éclairer l'entrée de la cave où

Adrian était retenue. Le jour lui fit mal. Elle serra les paupières et se recroquevilla pour cacher sa nudité. L'embrasure s'élargit, découvrant la face rubiconde d'Emni qui avait l'air presque aussi effrayé qu'elle. Sa colère avait fondu.

— Adrian… ils voulaient te tuer. Ils veulent te tuer. Tu as enfreint l'hospitalité.

— Je sais.

Le simple fait d'articuler lui coûtait. Sa mâchoire meurtrie, les contusions sur ses joues, les fissures de ses lèvres rendaient les mots douloureux.

— Demain tu seras jugée et condamnée. Tu sais ce qui t'attend ?

— Je sais. Où est Manushe ?

— J'ai réussi à les convaincre de te garder ici jusqu'à demain, mais tu dois partir. Il faut que tu t'en ailles pendant qu'il fait noir. Je dirai que tu t'es échappée, je m'arrangerai, mais il faut absolument que tu…

— Où est Manushe ?

— Elle a disparu…

— Qu'est-ce que vous lui avez fait ?

— Je t'assure, elle n'est plus là, sa fourgonnette non plus, personne n'en sait rien. On est tous sous le choc, Adrian. Les esprits s'échauffent. Il faut que tu partes.

— Où est Manushe ?

— Adrian. Pars.

— Manushe.

— Retourne chez toi. Retrouve ta famille.

— Je n'en ai pas.

— Tu te dois à ceux que tu as fuis, quels que soient leurs torts.

— Manushe, où est Manushe…

— Laisse Manushe où elle est. Tu n'as plus rien à faire avec elle. Va-t'en, Adrian. Pars, ou je ne pourrai plus rien faire pour toi. Je prends déjà un risque énorme.

— C'est bon, je pars. Donne-moi quelque chose pour que je m'habille.

Emni soupira sombrement, puis disparut en laissant la porte entrouverte. Adrian attendit, repliée sur elle-même, s'habituant à la lumière. Elle tâtait sa peau, cherchant les zones moins douloureuses, devinant les hématomes et les plaies, sondant les forces qui lui restaient. Elle devait retrouver Manushe, l'emmener avec elle très loin d'ici. Emni revint peu après avec un tas de vêtements, où se mêlaient jupes et pantalons, caracos et chemises grossières. Elle choisit des vêtements d'homme et s'habilla en hâte, malgré la souffrance et l'ankylose.

— Tu sais, Adrian…

— Oui ?

— J'ai vraiment cru que…

— Quoi ?

— Pourquoi tu nous as fait ça ?

— Je n'ai rien décidé.

Emni guida Adrian vers la porte de derrière. Elle se tourna vers lui, tendit la main. Après une hésitation, le chef prit cette main dans la sienne, qu'Adrian serra avec gravité avant de sortir. Il la regarda s'éloigner, ferma la porte sur son ombre et s'écroula, oppressé par la déception et la culpabilité. Adrian n'était pas responsable de ce qu'il avait vu en elle, de sa rancœur d'homme incomplet de n'avoir pas eu de fils. Pourtant il avait frappé, lui aussi, il avait participé à la curée. Il avait voulu annihiler ce regard aigu porté sur lui et sa faiblesse. Le monde qui était le sien partait en lambeaux, et sa main avait contribué au massacre.

*

Adrian brûlait de traverser le village aux yeux de tous, de s'offrir à leur haine. Malgré l'heure tardive, elle les savait cachés derrière leurs fenêtres, épiant à travers la vitre les secrets dérobés par la nuit. Elle aurait voulu se montrer, hurler son désespoir, provoquer leur bêtise et leur cruauté. Mais elle se raisonna et longea la maison d'Emni, restant à l'abri de l'ombre. Elle ne quitta pas tout de suite le village, se glissa jusqu'à chez Manushe. La camionnette n'était plus là. Elle entra dans la maison, alla jusqu'à la chambre. Manushe n'avait laissé que son silence derrière elle. Adrian chercha ses vêtements dans le gâchis des draps, ne les trouva pas. Elle ne comprenait pas et pourtant, une conviction confuse se faisait jour.

Elle sortit de la maison presque en courant, négligeant de refermer derrière elle, offensant le silence et la peur, et tourna sur le chemin que glaçait une nuit opaque. Elle sentit autour d'elle la pesanteur des oiseaux nocturnes qui l'accompagnaient de leurs plaintes, chats-huants ou effraies sonnant l'heure de sa fuite. Elle ne se retourna pas sur le village, qui s'éloignait derrière elle au rythme précis de sa foulée.

27

Adrian marcha toute la nuit. Ses pensées tournaient comme elles avaient tourné lors de ses longues errances, mais cette fois la peur et la détermination portaient sa fougue au-devant de son pas. Elle ne voyait plus rien que son histoire en fragments discrépants, rouges et roux exubérants, bleu glacier, vert profond, qui sectionnaient l'obscurité, cahotaient devant ses yeux. Elle n'entendait plus rien que son propre halètement, barbare et humide dans l'épaisseur nocturne. Les images se succédaient dans son esprit avec la cadence essoufflée de sa marche, son passé se disloquait sous ses pieds, toute la brutalité, toutes les peurs, tous les échecs roulaient comme des cailloux sur la terre couverte de givre et allaient se perdre dans l'écho des montagnes, faisant place nette à l'espoir. Elle retrouverait Manushe et l'emmènerait là où elle était chez elle, là où elle se sentait enfin le courage de retourner. Cette fois elle saurait, elle la protégerait et la guiderait vers leur vie commune,

une vie délivrée des masques et des serments, une vie à elles. Ce *elles* cogna dans la tête d'Adrian jusqu'à l'étourdissement.

Elle arriva au lac à l'instant où se levait le jour. Elle vit de loin le totem couché, le tas de vêtements laissé par Manushe. Elle comprit aussitôt. Le ruban de terre qui l'avait menée jusqu'à ces rives gelées se désagrégea. Le chemin d'avant, tout ce qui précédait cet instant ne fut bientôt plus qu'une poussière fluide et séparée, un au-delà d'elle-même qui ne laissait subsister que l'intensité climatérique de ce moment tendu vers la survie de son amante. Elle s'élança et, se défaisant de ses vêtements dans sa course, entra violemment dans l'eau glacée. Le buste en tenailles, la respiration coupée, elle plongea et plongea encore, cherchant à tout prix, fouillant le sable quand elle parvenait au fond, ses yeux blanchis foraient la masse opaque des eaux, confondant des algues avec les douceurs d'une chevelure aimée, prenant les caresses des poissons minuscules pour l'appel d'une main noyée, voyant dans chaque remuement de l'eau l'ombre de celle dont elle désespérait de retrouver le corps. Elle creusa le lac jusqu'à ce que toutes ses forces l'abandonnent. Le courant devait avoir emporté Manushe trop loin, le lac était immense et insondable.

La douleur échoua la carcasse transie d'Adrian sur la rive. Grelottant, les lèvres durcies, elle se traîna jusqu'aux vêtements de Manushe et plongea son visage dans les étoffes où résistaient les poussières de ses odeurs, les reliques amoureuses et fugaces d'une vie entraperçue. Elle se couvrit en tremblant des vêtements trop larges pour elle, se prostra dans leur chaleur évanouie et se laissa gagner par les secousses du chagrin et du deuil, tous ses muscles brisés par les coups, le froid et le désespoir se tendirent, elle crut qu'ils allaient craquer et l'espéra même, désirant en finir à son tour, mais un brusque haut-le-cœur déplia son corps. Elle vida sa souffrance dans le matin glacé et les premiers chants d'oiseaux.

*

Le soleil était haut. Adrian rouvrit les yeux, sa joue chauffait doucement sous les rayons et la crudité du jour blanc lui dissimula un instant son malheur. Puis elle se souvint et tout autour d'elle reprit la teinte grise et nauséeuse de la vérité. Elle se redressa, percluse de douleurs et de détresses, les courbatures s'ajoutant aux plaies et aux contusions. Insecte à la mue délétère, elle se sentait mourir dans les décombres imaginaux de son amour. Elle regarda vers le lac. Elles avaient contemplé souvent son eau froissée, côte à côte, saisies par la beauté du paysage et un embarras délicieux. Adrian repensa aux derniers mois, à l'évidence de sa rencontre avec Manushe, aux plaisirs chimériques qu'elles avaient partagés. Elle ne pouvait envisager l'avenir. Quelques heures plus tôt elle croyait encore à la possibilité de fuir avec elle ces montagnes, avant qu'elles ne les avalent. Mais elle était arrivée trop tard.

Considérant le chemin qui l'avait menée au bord

de ce lac, elle repensait aux rivières qui pour former l'étendue continuaient de braver la roche, le gel et la sécheresse, et dont le courage lui ferait à jamais défaut. Tout affluait, aigre, dans sa gorge rompue aux drames. Les souvenirs se confondaient dans sa mémoire, lui paraissaient tantôt fabriqués, tantôt empruntés à d'autres destins que le sien. Son propre passé l'hébétait, l'idée que son corps lui-même était gorgé d'un poison, que sa peau toxique ne pouvait apporter que la mort et l'opprobre à qui se mêlait de vouloir l'aimer. Elle avait voulu nier le poids maudit sur ses épaules, fuir le châtiment nécessaire, mais l'ordre des choses la rattrapait, figé par la coutume dans son obstination morbide, aux griffes plus puissantes que la raison.

Ce n'était pas le sang sur ses mains qui lui coûtait. La mort de Brerim lui était toujours apparue comme juste, et son acte presque lumineux en regard de la noirceur dans laquelle il l'avait obligée à se débattre. Ce qui l'accablait, c'était le sang qui manquait sur ses mains, le sang perdu de la vengeance non rendue. C'était aussi le sang d'homme qui manquait dans ses veines, où ne circulait que la fade épaisseur du lait. Dans le flux des images défilant dans son esprit, Adrian forma alors une pensée ancienne, un de ces mouvements blets de la mémoire qu'elle croyait définitivement endormis ; le souvenir se releva et l'enveloppa au bord de ce lac glacé, fatal, si obscène et si calme sous les montagnes : Adrian pensa à l'enfant, et pour la première fois elle y pensa comme à sa fille, et pour la première fois la pensée de son abandon lui fit atrocement mal.

Un bruit de moteur l'arracha à ses pensées. Elle se retourna et vit la camionnette de Manushe. Ce ne fut qu'à cet instant qu'elle se rendit compte que le véhicule n'était pas au bord du lac lorsqu'elle y était arrivée, et que cela ne pouvait signifier qu'une seule chose. Elle se leva dans un mouvement interminable et déséquilibré. Le fourgon s'approcha lentement et s'immobilisa près d'elle. La portière s'ouvrit, irréelle, et Manushe en descendit. Elle portait les vêtements d'Adrian, qui la serraient aux épaules, à la taille et aux cuisses. Elles se regardèrent bêtement, pendant un temps infini.

*

Manushe, basculant en arrière dans l'eau glacée, avait eu un sursaut. Ce n'était pas ce qu'aurait voulu Adrian. La mort de son amie devait confirmer Manushe dans ce que leur rencontre lui avait permis de voir : la nécessité de quitter l'endormissement de son existence contrainte, l'asepsie de sa solitude, le confort d'un costume qui occultait sa vérité. Les montagnes écrasaient de leur autorité tout amour véritable, faisaient basculer dans leurs gouffres la possibilité d'être soi. Manushe était alors sortie de l'eau en quelques brasses affolées. Le froid la saisissait, maintenant qu'elle revenait à la vie. Elle avait essuyé rapidement son épiderme raidi avec les vêtements d'Adrian dont elle s'était ensuite habillée, abandonnant les siens sur la rive comme l'exuvie stérile de ce qu'elle avait été.

Avec les tissus, c'était le corps mince et doux, le corps adoré qui la serrait comme une peau supplémentaire, trop étroite, étouffant un peu la douleur. Toute la matinée elle avait conduit au hasard à travers les larmes qui brouillaient dangereusement la route. Elle s'était perdue, avait fait cent fois le même itinéraire, revenant toujours à son point de départ, comme aspirée par le lac qui refusait qu'elle le quittât. Au bout d'un moment, tandis que le soleil gagnait lentement le zénith, elle avait décidé de se rendre à cette injonction et elle était revenue sur les lieux de son naufrage. De loin, elle avait aperçu les contours d'une forme sombre. Adrian était assise sur le rivage.

28

Dirina prit sa pause. Elle sortit sur le trottoir, se cala contre le mur et alluma une cigarette. Son regard monta vers le contraste que faisaient les bâtiments délabrés avec les immeubles neufs, les hauts buildings très lisses dans les surfaces miroitantes desquels se perdaient les derniers rayons. Elle laissa la vie du dehors l'envahir, le brouhaha des voitures et des cris de ceux qui se hélaient d'un trottoir à l'autre, des vendeurs qui interpellaient le chaland, des femmes qui à cette heure s'autorisaient à rire plus fort. Il faisait doux et son cœur battait agréablement.

Dans le bar, derrière elle, on commençait à s'invectiver, alors qu'il n'était pas sept heures. La soirée allait être longue. Pourtant elle ne regrettait rien, pas un instant elle ne s'était retournée sur sa décision de revenir en ville. Elle était là chez elle. C'était le monde qui lui avait été donné et qu'elle avait décidé d'accepter. Elle avait choisi de faire confiance. Ce n'était après tout que le début. Elle ferma les yeux, expira la fumée dans un sourire tiède.

Deux femmes entrèrent dans l'établissement. Quelque chose dans leur allure la fit se retourner sur leur passage. Une sensation paradoxale était attachée à leur présence, une masculinité qui ne tenait pas qu'aux vêtements qu'elles portaient, plutôt neutres. Dirina devina soudain le lien qui les unissait et rougit à cette pensée. Ce n'était plus un crime, certes, mais depuis peu, et l'idée restait difficile à accepter même dans la capitale.

Elle ralluma une cigarette. Elle aimait ces répits dans le service, s'enfouir dans le vacarme urbain pour échapper à celui de la salle, sifflements de la machine à café, entrechocs aigus des soucoupes et des tasses, boniments des clients, musique poisseuse. L'endroit, très populaire, ne désemplissait pas, et un vertige la prenait vite, qu'elle venait calmer sur le trottoir à intervalles réguliers.

Sa collègue sortit à ce moment-là et lui dit de reprendre le service, qu'elle-même avait fini le sien et que des clients attendaient. Dirina regarda l'heure et, dans un juron, jeta sa cigarette à moitié fumée. Elle poussa l'élégante porte vitrée et s'approcha, carnet de commandes en main, de la table où s'étaient installées les deux femmes, au fond du bar. Celle qui semblait la plus jeune, longue et maigre silhouette dégageant une singulière impression de puissance, sourit à Dirina et demanda deux cafés au lait. L'autre, plus trapue, la fixait sans un mot. Mal à l'aise, la jeune fille retourna derrière le comptoir pour préparer les boissons.

Elle actionnait les manettes du percolateur quand soudain elle se sentit fléchir. Elle éprouvait les signes annonciateurs de ses crises, qui l'avaient laissée en paix depuis son retour. Dans le miroir mural à la surface duquel s'étalait le menu en grosses lettres blanches, elle pouvait voir le reflet des clients parmi les lampes. L'éclairage orangé du bar luttait avec le jour déclinant pour masquer les expressions sur les visages, et subitement tous lui parurent ne former qu'une seule et même foule, passionnément tournée vers elle, attendant qu'elle réagisse.

Le groupe la désignait, les regards la fouaillaient, comme s'il fallait qu'elle se déclare, qu'elle extraie sa vérité de ses entrailles. C'était le piège familier, la même terreur, la même panique que toujours devant la masse accablante. Elle crut sombrer. Alors elle ouvrit les yeux en grand, s'efforça de regarder un à un les visages, de les distinguer les uns des autres. Accoudé au comptoir, un type entre deux âges, déjà ivre, qui réclamait une bière avec une insistance palilalique. Son voisin, à peine moins soûl, qui le fixait en tordant la bouche dans un rictus âcre. Plus loin, assises près des fenêtres encadrées de bois sculpté, trois jeunes filles riant pour rien.

Dans l'ombre rencognée, les deux femmes aux allures masculines parlaient à voix basse, leurs visages très rapprochés l'un de l'autre. Dans un scintillement de la glace, Dirina vit la plus âgée des deux prendre la main de son amie sous la table. À l'autre extrémité de la banquette, un homme brun d'une soixantaine d'années noircissait les pages d'un grand cahier. Il écrivait sans discontinuer. Entre les doigts de sa main libre, une cigarette qu'il semblait ne devoir jamais allumer. Ses lunettes aux larges carreaux, à la monture noire et épaisse, donnaient à sa figure une douceur obsolète. Il ne regardait pas Dirina. Personne ne la regardait, personne n'attendait rien d'elle. Son souffle s'apaisa peu à peu. Les vibrations de la lumière s'adoucirent, la musique sucrée revint caresser son oreille, l'odeur du café emplit ses poumons. Elle déposa les deux tasses sur le plateau et se dirigea vers la table du fond.

Précisions

L'intention présidant à l'écriture de ce livre n'a jamais été d'ordre documentaire. C'est bien plutôt la fascination liée à un phénomène singulier qui a servi d'impulsion à une réflexion subjective, et avant tout littéraire, sur la construction de l'identité dans sa relation avec le genre et le contexte social qui la constitue. Certaines scènes mêlent donc exactitude historique et éléments totalement imaginaires.

Le phénomène des vierges jurées reste peu connu, il a néanmoins fait l'objet de quelques articles et essais ainsi que de plusieurs œuvres de l'imagination – notamment le roman d'Elvira Dones, *Vierges sous serment* (*Vergine giurata*, Feltrinelli, 2007), qui a été adapté pour le cinéma en 2015. Ma première rencontre avec ces figures captivantes a eu lieu dans le cadre de l'exposition *Au bazar du genre*, au Mucem de Marseille, en juillet 2013.

Dans un premier temps, je n'ai pas voulu me rendre en Albanie, où des vierges sous serment vivent encore aujourd'hui, afin de conserver la pleine liberté de mon imaginaire. J'ai naturellement effectué de nombreuses recherches, moins par souci d'exactitude que pour nourrir mon inspiration, dans une démarche vampirique tout à fait assumée. Sur la question spécifique des vierges, l'essai d'Antonia Young *Women Who Become Men*, ou encore les articles de Gilles de Rapper et de Laurence Hérault m'ont été très utiles. Pour le reste, le récit de voyage en Haute-Albanie d'Alexandre Degrand et bien sûr le fascinant *Kanun* de Lekë Dukagjini (traduction Christian Gut) ont constitué des repères essentiels.

Lorsque, après l'écriture d'une première version de ce roman, j'ai décidé d'aller en Albanie, ce n'était pas sans appréhension. Ne risquais-je pas de fragiliser la représentation intime que je m'étais faite de ce pays et, partant, l'édifice imaginaire tout entier ? J'ai tout de même pris le risque et finalement ce voyage (très, trop court) m'a surtout permis de vérifier des intuitions, de préciser des contours. Je n'ai pas rencontré de vierges, car là s'arrêtait la dimension anthropologique de mon entreprise. Nouer des liens, même minimes, avec elles risquait de me mettre en porte-à-faux vis-à-vis de mes personnages et de générer un sentiment de responsabilité peu propice à l'épanouissement de la liberté créatrice. C'est par ailleurs une expérience qui demande un investissement différent de celui d'une entreprise littéraire. Je renvoie à ce titre aux travaux d'Ellen Robertson, qui a procédé à de nombreux entretiens avec des vierges et m'a été sur place une source d'informations précieuses.

D'autres personnes m'ont apporté un soutien et un accompagnement essentiels dans l'écriture de ce livre, que je souhaite ici remercier. Notamment :

Laurent Orry, pour sa vision, son intransigeance et son soutien.

Yanik Chignier, Laure Bellœuvre, Éric Faye, Julien Doussinault et Cécile Oberweiler, pour la qualité de leur lecture.

Luan Rama, Alexandre Zotos, Desara Çoba, Jacqueline Dérens, Laura Bispuri, Robert Elsie, Amélie Poinssot, Laurent Geslin, Maurice Godelier, Laurence Hérault, Gilles de Rapper, Olivier Favier et Antonia Young, pour les précieux renseignements et contacts qu'ils m'ont fournis.

Anne Pépin et Jean-Michel Dèche, pour leur endurance sur les routes d'Albanie.

La famille Shaho (Enton, Ikbale et Sheri) à Orikum, pour leur si généreux accueil.

CHEZ D'AUTRES ÉDITEURS :

Une lettre (nouvelle), éditions Rhubarbe, Auxerre, 2014.

Confession des genres (nouvelles), éditions Luce Wilquin, Avin (Belgique), 2012.

Le Point au soleil (poèmes), éditions Rhubarbe, Auxerre, 2012 .

Dans l'éclat des feuilles vives, précédé de *Calendes* (poèmes), éditions de La Musaraigne, Paris, 2005.

À chaque pas, une odeur (poèmes), éditions Librairie-Galerie Racine, Paris, 2002.

PAPIER À BASE DE
FIBRES CERTIFIÉES

Le Livre de Poche s'engage pour l'environnement en réduisant l'empreinte carbone de ses livres.
Celle de cet exemplaire est de :
350 g éq. CO_2
Rendez-vous sur
www.livredepoche-durable.fr

Composition réalisée par MAURY-IMPRIMEUR

Achevé d'imprimer en France par
CPI BUSSIÈRE (18200 Saint-Amand-Montrond)
en juillet 2019
N° d'impression : 2046224
Dépôt légal 1re publication : janvier 2019
Édition 04 - juillet 2019
LIBRAIRIE GÉNÉRALE FRANÇAISE
21, rue du Montparnasse – 75298 Paris Cedex 06

65/0092/9